四隣人の食卓

ク・ビョンモ
小山内園子 訳

四隣人の食卓

クㆍビョンモ

「夢未来実験共同住宅」入居者

第一期入居者

●シン・ジェガン＋ホン・ダニ夫婦

夫　：シン・ジェガン……有名企業勤務の会社員

妻　：ホン・ダニ……専業主婦、元幼稚園教諭

第一子：ジョンモク……四歳、男児

第二子：ジョンヒョプ……三歳、男児

●コ・ヨサン＋カン・ギョウォン夫婦

夫　：コ・ヨサン……同族経営の会社の親族社員

妻　：カン・ギョウォン……専業主婦

第一子：ウビン……四歳、男児

第二子：セア……乳児、女児

第二期入居者

●ソン・サンナク＋チョ・ヒョネ夫婦

夫　：ソン・サンナク……会社員

妻　：チョ・ヒョネ……フリーのイラストレーター

第一子：ダリム……一歳五カ月、女児

第三期入居者

●チョン・ウノ＋ソ・ヨジン夫婦

夫　：チョン・ウノ……専業主夫、映画監督を目指すが挫折

妻　：ソ・ヨジン……薬局補助スタッフ

第一子：シユル……五歳、女児

This book is published with the support of the Literature Translation Institute of Korea (LTI Korea).

표지 그림 : 나빈「오후 세 시의 보라」(oil on canvas, 80.3x100cm, 2013)

四隣人の食卓

裏庭に置かれたその食卓は、ナプキンやコップを取るたびに肘がぶつかるのを厭《いと》わなければ大人が十六人くらい、息がかかるほどギリギリまで人口密度を上げたなら子供があと六、七人は座れそうだった。滑らかに磨かれた天板には顔が映り込みそうなくらいニスが塗られ、ぼってりした四隅はごつごつしている。無垢材の木の肌が節もそのまま生かされた脚は、脚というより地面に打ちつけられた五本の太い柱というおもむきだ。体格のいい男子が四、五人かかっても動かすのはむずかしそうな、ハンドメイドの代物だった。どこの設計士がこんなものをこんなところに設置しようと思いついたのかは知らないが、少なくとも余った予算を消化するためでないことぐらいはわかる。街の木工所や手作り家具の店でこれだけのものをオーダーしようとしたら、普通のサラリーマンの収入ではとても手が出ないだろう。

いまその食卓についているのは、大人七人に子供六人。子供のうち三人は父親の膝の上だったから、食卓はますます閑散としていた。今後十二戸すべてに入居者が入ればこの食卓も定員いっぱいになるかもしれないが、それほど多くの住人がいちどに、一人も欠けることなく集まって食卓を囲み、食事をするなんていうこと自体、そうあることではないだろう。ヨジンはいそがしく思いをめぐらせる。

「みなさんにワインがいきわたりましたら」

正午、引っ越しのクレーン車のハシゴが窓枠に触れた瞬間に走り出してきてヨジン一家を出迎えたシン・ジェガンが立ち上がり、乾杯の音頭を取った。

「チョン・ウノさんとソ・ヨジンさん、そしてお二人の娘さんで五歳のチョン・シユルちゃん。ようこそいらっしゃいました」

「ようこそ」

「いらっしゃい」

それぞれが立ってグラスを掲げ、頭を下げようとするが、膝に赤ん坊を乗せた父親たちは仕方なく座ったまま手を伸ばし、向かい側や両端に離れた相手とは、グラスを近づけられないかわりに目で挨拶を交わした。子供たちも大人をまね、みかんジュースの入ったプラスチックカップを持ち上げてから口に運ぶ。だれだれちゃんのママ、パパって呼ぶのもなんでしょ。ボクらはお互い、ちゃんと下の名前を名乗り合って、それで呼ぶことにしてるんですよ。

ついさっきシン・ジェガンは、入居者を簡単に紹介しながらそう言っていた。病院や役所以外の場所で、他人に自分の名を呼ばれるのは久しぶりすぎて少し違和感があり、ヨジンは、忘れていた母国語の響きを思い出している移住者のように、口の中で自分の名前をつぶやこうと舌を動かした。

「今日引っ越してきたばかりでお疲れでしょうに、わざわざ中途半端な時間に乾き物やお菓子なんかでねえ。こんないいかげんな歓迎会で、申し訳ないです」

ぐっすり眠った赤ん坊を抱き、首だけねじった窮屈な姿勢でコ・ヨサンがそう言葉をかけてくるので、ウノは恐縮して手を振った。

「とんでもない、こういうシンプルなのが一番ですよ。僕ら、すぐに帰るお客でもなければ接待を受ける身分でもない、ただの……」

実験共同住宅の新しい入居者三人、ってだけなんですから。そんなふうに言うのも、口調とは別にどこかドライな人間に見られそうで、ウノは言葉を濁し乾杯を続けた。食器が立てるさまざまな音に続き、会話する声、子供がぶるぶると唇を震わせる音が夕暮れ前の空気に漂う。コ・ヨサンとその妻のカン・ギョウォンはグラスを脇に押しやり、隣に座らせた四歳の上の子に遅い昼食を食べさせていたが、その合間の多少苛立ったような子供との押し問答も、穏やかな午後の満ち足りた気配のように受け取められていた。こういう情景に、母と子が過ごす平和なひとときに、水を差してはいけないと誰もが遠慮しがちな場面だった。誰かと一緒に暮らすというのは、そこそこの騒音をＢＧＭ、雑然とした光景を手の届かない額縁の中の景色と割りきることを意味している。

「ヨジンさん、さっき渡したもの、ちゃんと見てくれましたよね？」

シン・ジェガンの妻のホン・ダニに訊かれて、ヨジンは、引っ越し荷物の整理でバタバタしていたさなかに彼女から渡された物が何だったかはっきりとは覚えていなかったものの、慌てたそぶりは見せなかった。

「たいしたことじゃないんだけどね、いくつか、ここの生活ルールをまとめておいたんですよ。ゴミの分別収集の曜日とかはあのＡ４の紙に書いてあるから、忘れないようにしてもらえれば大丈夫よ」

ようやく何の話かわかり、ヨジンは幣帛《ペベク》［結婚式の後、新婦が嫁ぎ先の舅・姑や近親者に挨拶をする儀式］を終えた新妻の心境で、そっと溜息を漏らした。

「ああ、あれですね。まだ荷物整理がちゃんと終わってないので、とりあえず冷蔵庫に貼ったままで。帰ったらちゃんと読んでみます」

「ええ、明日は日曜日だし、ゆっくりでもいいですよ。それはそうとサンナクさん、ヒョネさんって最近、すごく忙しいんですか？」

やはり赤ん坊を抱いているソン・サンナクは、ついさっき起きた我が子に哺乳瓶を咥えさせるのに忙しく、ダニからの質問には「いつものことですから」と適当に首を振ってみせるだけだった。全員で八人いなければならない大人が一人足りないところをみると、どうやらこの場にいないのがサンナクの妻のようだ。「いつものことですから」。率直で、他に言いかえようのない表現であると同時に、質問者が求めるどんな情報も提供しない、聞きようによっては不誠実な答えだった。ひょっとしたら話を切り上げようとしてそう言っているかもしれないのに、ホン・ダニはさらに具体的に踏みこんだ。

「いくら締め切りがあるからって、新しい仲間が一チーム加わったのに、ちょっと顔を出すのがそんなにむずかしいものなの？　ダリムちゃんだって、こうやってサンナクさんが抱っこして連れてきてるんだし」

「いや、ついさっき締め切りが終わって、今は完全にダウンしてるんですよ。三日ぐらい徹夜でしたから、今は誰がダリムをおんぶして連れてっても気づかないですね」

「そうなんだ。寝てるなら仕方ないか。ヨジンさん、気を悪くしないでね」

「えっ？　とんでもありません。それぞれ事情があると思いますし、気を悪くするだなんて」

ヨジンは少し驚いて手を横に振った。ウノの言うとおり、自分たちは客じゃないし、かしこまってもらう理由もない。普通のマンションならせいぜい会釈を交わすか交わさないか程度のさらっとしたつきあいで済むのに。住宅の性質上、小さなグループみたいにならざるを得ないとしても、互いのフルネームがわかるくらい親しくしておけば十分なはずだ。ホン・ダニの言う「ちょっと」という言葉だって、どれだけ個人差があることか。誰もが負担に感じない程度の「ちょっと」の時間も、それが積もり積もればどれだけ人生の負担になるか、ヨジンは知らないわけではなかった。他者とただチラッと目礼するために体を起こすのもつらい人、そうできないシチュエーションは、世の中にいくらでもありうるはずだった。

ヨジンより三つか四つ年上らしいホン・ダニは、見たところ根っからの社交家らしく、あれこれ世話を焼いたりお節介をするのが好きな町内会の婦人部長タイプのようだ。そういうキャラクターがわざわざこんな人里離れた場所に自分から移り住んできたことが、ヨジンには不思議だった。他でもない、既存の人間関係や社会との関わりすべてを精算したくなったときにこそ、住みたくなる場所だったからだ。きれいな空気や清らかな水……人生の価値の大部分は、そういうものにあると思い込みたいときに。

「こうやって新しい仲間が増えると、少しは人の住むところらしくなるわね。あっ、でも今まで寂しかったってわけじゃないんですよ。ヒョネさんがフリーだかなんだかの仕事をして昼夜逆転なもんだから、女性はほぼ二人きりの状態だったの。これからはもう一人増えてよかった。朝ダンナさんたちを送り出したら、女子だけでお茶しましょ、ねっ?」

ホン・ダニがせっかくそう言ってくれている目の前で、わざわざ本当のことを言って訂正する必要もないだろうと、ヨジンは返事をするかわりにほほえんだが、そこにウノが首を突っ込んできた。

「あの、実は出勤するのはコイツのほうで、僕が家でシュルを見るんです」

「はい？」

「ハハ、僕が無能なもんで、コイツのほうが外で働いてるんですよ」

ウノはよく、人前でヨジンを褒めようと自分を卑下することがあったが、たとえ思いやりからくるものであっても、ヨジンにはそれがときどきつらく感じられた。ウノが自虐することで相対的に自分の立ち位置が上がることを望んではいなかったし、そういうやり方で本当に引き立って見えたり、輝いたりということは普通世の中ないし、そもそも褒めているように聞こえなかった。

「じゃあ……ウノさんより収入のいいヨジンさんの方が外で稼ぐことに、じゃなくてウノさんがおうちに残ることにしたっていうんですか？」

「いえ、ハッキリそう決めたわけじゃないんです」

夫は、監督デビューを目指していた映画が何本もお蔵入りになり、いまは実質失業状態なのだと、そんなことまで初対面で打ち明けたくなくてヨジンは曖昧にぼかしたが、さっきソン・サンナクにそうだったように、ホン・ダニが行間を読むことができずに根掘り葉掘り訊いてきそうで不安になった。

「じゃあ、ヨジンさんって……、最近失業とか非正規とかでみんな大変な世の中だから、こういうこと訊いていいかどうかわからないけど……どこにお勤めなんですか?」

さいわい、疑問の矛先はウノからヨジンへと移った。訊いていいかわからないけど、と言いながら結局は尋ねてくる人間の心理とはいかなるものかと思う間もなく――夫は家にいて妻が外で働くと言うと必ずついてまわる消費税みたいな質問で、ヨジンは、やれやれと思ったのだが――ここでもウノが脇から口を入れてきた。

「コイツは、よく近所の小児科の脇にくっついているような、町の薬局で働いてるんですよ」

「いやあ、ウノさんはまるでスポークスマンだなあ。奥さんに一言もしゃべらせないんだから。しかし薬剤師さんですか、すごいなあ」

シン・ジェガンが話を引き取ってうまくあしらった。

「まてよ。ということは、ウノさんはみんなの憧れ、髪結いの亭主ってことか」

ヨジンは、口の中に含んだワインが苦く渋く広がるのを慌てて飲みこんで言った。

「違うんです、私は」

こちらがしつけ縫い程度にとどめておこうとしているのに、それでも知りたいというのなら、そういうたぐいのことは最初から誤解の余地がないよう、ハッキリ言っておくべきだ、というのがヨジンのスタンスだった。

「ただのレジ係なんです」

ヨジンは、親戚の薬剤師の女性が開いた薬局に補助スタッフとして勤めていた。主な業務は、隣にあるメディカルビルを受診した患者から処方箋を受け取って入力し、そのデータを送り、サンファ湯や滋養強壮剤目当ての客に商品を探してやり、一方でオーガニックの菓子や子供用ビタミン飲料、バンドエイドやマスクなどの衛生用品にいたるまで、レジに差し出されたものを会計することだった。ほかに、薬局の清潔を保つため必要に応じて店の内外を掃き掃除し、薬のキャビネットや棚を拭き、ゴミを分別して捨て、薬の在庫や製造年月日をチェックして記録し、期限切れのものを処分する仕事もあった。

薬剤師でもないし関連する分野の専攻でもないから必要になることはめったにないが、それでも万が一のため、よく出る薬の成分表くらいは頭に入れておかねばならず、だがそのうちの解熱剤の種類や基本的な飲み合わせやなにかは、シユルを育てるうちに自然に身についたものだった。担当業務には暗黙の了解で薬事法スレスレのものもあったが、一日に百枚以上処方箋が飛びこんでくる状況でそれをどうこう言う患者や保護者は皆無に近かった。なにより重要なのはパソコンを早く正確に扱えることで、なにせ人体に入る薬だから名前でも間違ったら一大事なのだが、それだってスペルや化学式を一つひとつ手入力するわけではなく、ピッという端末機の音でほとんどが済む薬局専用ソフトを使っていたから、まだ寿命が縮むような思いはしたことがない。

ウノの言葉で訂正すべき点があるとすれば、「近所の小児科」という表現ののどかなニュアンスだろう。薬局は人口密集地の、さまざまな科が入ったメディカルビルに隣接しているため、月曜や祝日の次の日はお昼をとる時間もまちまちだった。だが、目が回るほど忙しいかといえばそうでもなく、そもそもメディカルビルの中の薬局には雇われ薬剤師だけで三人いた。

「あっ……そうなの？」

言い出しっぺのホン・ダニが一瞬ひるんだところで、カン・ギョウォンが話に加わった。

「レジ係だからなんなんですか。一生懸命働いて食べてるんだから、堂々としてればいいのよ」

ホン・ダニも自然に同調する。

「ああ、そうよね。だからなによ。わたしだって学生の頃、英語教室で受付のバイトしたことあるもの」

「それは短期のアルバイトだから、職業っていうのとはちょっと違うと思うんです。うちは、母が昔Kアパレルに勤めてて、そう言うとみんながすぐにデザイナーだと勘違いしてチヤホヤするもんだから、本当は販売員だってしばらく言い出せなかったんですよ。だから、小さい頃からあたし、ずっと思ってたんです。販売員だからなんなの、高卒だからなによって」

「アパレルっていえば、最近はハイブランドだ、じゃなきゃプチプラだ、アウトレットだってなにせいろいろよね。そういえば知りあいの女の人が言ってたんだけど、その人の娘さんのクラスに、パパがSグループに勤めてるって言いふらしてる子がいたんですって。でもよく聞いてみたらなんてことはない、マトリョーシカみたいに何重にもなった下請けの下請けで、エアコンの設置とか修理をする技師だったっていうのよ。でもほら、技師だからなんだっていうのよね。同じSグループって印刷された名刺を持ち歩くわけでしょ？　だからわたしその人に、だったらなんなのって言ってやったわよ」

どういうわけか二人は、愚痴をこぼしたわけでもない、ただ客観的な事実をさらっと口にしただけなのに、こちらがコンプレックスに苦しんでいると決めつけて慰めにも励ましにもならない例を挙げあっている。親戚の、それも結婚式や葬式でもなければ年に一度会うか会わないかの親戚の経営する薬局に補助スタッフとして勤めて四年。その間ずっと聞かされ続けてきた、こんな懸念とも賞賛ともつかない話。以前に比べれば多少増えたものの、男が家にいて女が外で仕事をするというまだ一般的とはいえない状況へのリアクションは、ヨジンのなかになかったはずの劣等感を植えつけ、育てていた。いま自分が抱いているこの感情は、確かにコンプレックスに近いのかもしれない。ヨジンは苦笑いしながら、首だけであいづちを打ってみせた。こんなところに来てまで、まさか初対面の最初の質問で、こういうことになるとは。しかしどんな場所でも人が二人以上住んでいれば、濃度や深度の違いこそあれ、干渉を受けることにかわりはないはずだった。

——ちゃんと考えなって。一度都心を離れたら、そう簡単には戻ってこられないんだから。うちを見てみなさいよ。新都市だって騒がれてたのはとうの昔で、今じゃスラム化絶賛進行中よ。家賃が怖くてソウルには戻れないけど、できるもんならそうしたいわ……。それでもうちはまだ一、二回乗り換えれば電車で行ったり来たりもできるけど、あんた、あんな陸の孤島に行ってどうするつもりさ。

国が整備した若い夫婦向けの「夢未来実験共同住宅」に入居することになったと言うと、ヨジンの学生時代の友人は開口一番、そう言った。

十年ほど前にブームになり、さかんに分譲された田園住宅街よりもさらに奥。共同住宅は、商業施設一つない人里離れた山間部に建つ入居世帯数十二戸の小さなマンションで、一見すると渓谷も滝もない寂しい場所になぜぽつんとペンションが、と頭を傾げたくなるような風情である。とはいえ、国の肝いりで建設された新築物件だけあって、小綺麗で造りもよく広さもそこそこ、なにより、公営住宅ならではの低家賃というメリットがあった。だが入居条件は厳しく、準備が必要な二〇種類以上の応募書類のなかには自筆の誓約書まであった。

最初の入居者募集パンフレットには「都心まで二〇分」と書かれていたが、それは新婚夫婦が賃貸物件を転々とするうちによく目にすることになる「徒歩圏好立地」「駅まで三分」などの宣伝文句に近く、実際は最低でも三十五分車を走らせてようやく江南《カンナム》や松坡《ソンパ》に到着する程度、自家用車にかわる公共交通機関もなかった。距離やインフラの問題のみならず、入居条件には「自筆誓約書」という最大の難関、求められる側の価値観によってはやや屈辱的にも思えるものまであったため、SNS上では「誰がそんなとこ入りたいか」と軽く炎上したりもしたが、いざ蓋を開けてみると、十二戸の募集に対し夫婦二四〇組が応募という反応だった。書類審査と面接審査を経てコンピューターでの抽選が行われ、総合点には書類審査時の住居環境、家族状況、並びに職業等が加味されるので、必ずしも生活の苦しい夫婦や低所得者層をメインにした当選システムではなかった。

したがって、ここにいるのは最近主流となった年単位の契約社員である確率が高いはずなのだが、ほとんどは夫婦のうちの片方がそれなりの職業につき、最終学歴も平均以上というカップルだった。その中に各種社会問題に関心を持ち、オープンな考え方を持ってはいるもののの、レジ係の実質的なポジションをどうこういうことには抵抗のない人間が混じっていても、さほど不思議なことではない。にもかかわらずヨジンは、耳元を飛び交う言葉に胸が圧しつぶされていく気がし、それはやがて、自分はここでは異物かもしれないという感覚になって広がっていった。新学期の早いうちに仲良しグループが固定してしまったクラスに、一足遅く加わった転校生の気分だった。

シユルもいま、同じ思いをしているのではないか。ヨジンは我が子に目をやった。席に着いている子供たちのなかで最年長のシユルは、静かにジュースを飲みながら、何かを探るような目で他の子供を見回している。シン・ジェガンとホン・ダニの息子である四歳のジョンモクと三歳のジョンヒョプ。二人のあいだにコ・ヨサンとカン・ギョウォンの息子のウビンが体を割り込ませ、互いに手に持った木製の自動車のおもちゃをぶつけあって遊んでいる。ウビンったら、全部食べなさいって言ってるでしょっ。カン・ギョウォンがやや尖った声をあげ、コ・ヨサンが、セアが目を覚ますってとささやく。彼の胸に抱かれたセアは顔をしかめ、むにゃむにゃと口元を動かしていた。

ゴミ収集車が立ち去ったあとに、段ボールの屑や砂埃が舞い上がった。発車のときに落ちた空き缶やキャップも転がっている。拾い上げて袋に入れると、手がべたついた。残ったゴミを片付け、ホウキと鉄製のちりとりで埃を集めて燃えるゴミの袋に入れていると、踊り場から子供の泣き声が聞こえ、ダニは三階へと上っていった。

「ヒョネさん、います？　ヒョネさん、ダリムちゃんが泣いてるみたいだけど」

ゴソゴソ音がして次第に泣き声がおさまり、玄関ドアが開いた。むくんだ顔のチョ・ヒョネが、充血した目をしばたたきながらダリムを抱いて現れた。水道の蛇口で、なんとか滴り落ちまいと表面張力ぎりぎりでがんばっている雫を思わせる表情で、沈んだ声を出す。

「はい？　なんでしょう」

「まだ寝てたんですか？　っていうより、寝られなかったって顔ね」

「朝早くから、なんのご用でしょう？」

「まあ、ずいぶんな言い方ね。こないだだって、新しいメンバーとの顔合わせにもサンナクさんだけよこして、今までずっと顔も見せてくれないんだから。男性陣は全員出勤してもう九時よ。ちっとも朝早くなんかないの。月曜の朝八時は資源ゴミの収集車が来るって、何度かお話ししてますよね」

チョ・ヒョネはダリムを抱く腕を替えると、ぼさぼさの頭をかいた。

「昨日も徹夜だったんで。次の週は私一人でやりますから」

ついこないだ引っ越し業者がゴミを引き取っていったから、ソ・ヨジンの家に資源ゴミはなかっただろうし、それだけでなく、片付けがあるから無理しないで休んでいてと事前に声がけもしていたのに、清掃車の音に飛び出してきてチラチラこちらをうかがっていたチョン・ウノとは対照的だった。手伝うことはありませんかとおずおず尋ねてくるので、ダニはカン・ギョウォンと一緒に大きく手を振って断った。じゃあヒョネさんちに行って、ドアをどんどん叩いて起こしてきてくれる？　と頼みたいところをぐっとこらえた。これまでは仕事が大変なのだろうと同情の笑みを作り、うなずいてやり、ほんの一度自分が手を貸せばいいことだからうるさくしないでおこうと思っていたが、そろそろどこかでガツンと言ってやらないと、生意気なチョ・ヒョネにいいように使われるばかりになる。ちょうどそう決心したところだった。

「やだ、だからってそんな素っ気ない言い方されたら、こっちが困っちゃうわ。大変だってグチってるわけじゃないのよ、いま。どうせ本当に大変なことは収集車の人がしてくれるんだし、こっちはゴミが散らからないように、一カ所にまとめておけばいいだけなんだから」

「ですから、それを私が次の週やりますって」

何か魂胆や悪意があってサボっているわけではないと思いたいが、チョ・ヒョネの無責任さや怠惰は、おそらく自分でも知らないうちに習い性になっているのだろう。悪気がないぶん、それを我慢したり合わせなければならない相手、ないしは第三者のほうがヘトヘトにさせられる。

「どうしてそういつも他人事なのかしら。共同でやるべきことを一緒にやるところに意味があるのに、今週は誰々さんが一人きりでやって、来週はまた別な誰々さんが、みたいにしたら、体制が崩れておかしいことになるんだって言いましたよね。わたしはこの日って日程表を組んでたって、その日になって何か起こらないとも限らないでしょ？　だから、できるだけみんなでやって、どうしても避けられない事情のある人にだけ柔軟に対応するってことにしてるのに。その程度の協力もむずかしいとしたら、共同生活なんてどうやってできるの？」

そのときだった。唇をわなわなさせていたダリムが再び大きな泣き声を張り上げ、チョ・

ヒョネは今がチャンスとばかりダニの言葉をさえぎった。

「とりあえず、今は子供にミルクを飲ませなきゃいけないんで」

チョ・ヒョネの細い肩ごしに見える、部屋の奥の光景——ぐちゃぐちゃになったベビー布団や散らかり放題のおもちゃ、一緒に転がっている口の開いた食パンの袋、適当に放り出したみたいにして掛かっている服数枚——を一瞥すると、ダニは小さく溜息をついた。

「そうね、じゃあ。あとでダリムちゃんが寝たらメールください。そっとお邪魔するから、少し話しましょう」

いつもと同じ、やや首をすくめるような仕草の挨拶で話を終えるチョ・ヒョネの態度に、不愉快と思ってはいけないと自分に言い聞かせながらダニは一階へと戻った。

そりゃあ、ただ座っているだけでも疲れるでしょうよ。ダニだって二人の男の子を育てながらさんざんそういう思いをしたし、周囲の手助けや気遣いがなければ、決してその時期を無事に乗りきることはできなかった。どうがんばっても時間を守れないことはある。なんとか決まった時間に起きようとしても、ひどいときは子供が脇で何十分泣こうとも、片方の瞼さえ持ち上げられないことはある。母性愛や根性とはまったく無関係に進んでいき、時に撃沈し、必死にやっても元手さえ回収できないのがあたりまえ。本質的に失敗が前提で、一度始まってしまったらもうどんな手出しもできず、プランの再検討も無意味。息をしている限り、ひたすら前へ進み続けるしかないもの、それが育児なのだから。

だが、そうした情の部分とは別に腹立たしさは残った。ダニは、子供のせいで保育園の保護者会といった外部の集まりの、与えられた役割を果たせなくなりそうなとき、必ず関係者にそれ相応の挨拶をしてきた。今回も子供が体調を崩しまして、申し訳ありませんが欠席致します。そんな手書きの小さなカードを添えた果物やケーキを手渡して。いくらうわべを飾ったところで不十分なことはわかっていたから、次の機会には改めて深々と頭を下げ、仕事を振られれば二倍がんばった。そうしておくと、たとえそれまで面白くないと思っていた人も、むしろ気が咎めて好意的に接してくれたり、順番を後回しにして譲歩してくれたりするようになり、一定の見返りを得ることができるのだ。

あれは、ここに来るかなり前のことだから、上の子のジョンモクがまだ赤ちゃんでジェガンが出張中のときだ。二十四坪の家のランドリールームに、連続三週間分の資源ゴミがたまったことがあった。ジョンモクの子育てでさまざまな衛生用品を買うことが増え、そういうものはたいがいビニールやプラスチックの容器に入っていたから、あたりまえといえばあたりまえだった。マンションの資源ゴミの収集は毎週木曜の午後六時から収集車がやって来る金曜午前五時半までと、ソウルの大半の集合住宅同様週に一度だけだったが、ジェガンは最初の週は残業で、次の週はどうしても抜けられない部署の飲み会で酔っ払って帰宅して、三週目は海外出張中でと、あてにならなかった。

ランドリールームのドアを開けると、大きな不織布のバッグからはプラスチック皿やビニールがはみだし、洗濯機まで行こうにも転がったプラスチックゴミで足の踏み場がなかった。誰かがやって来てこのランドリールームだけ見たら、自分のことをニュースに出てくるためこみ症の患者か、ないしはゴミ屋敷に子供を放置するアルコール依存症の女だと思うにちがいない。そう思うとダニは自分が惨めになった。今よりずっとこまやかに心をくだき、手をかけ、できる限りナチュラルライフを実践していた新婚当時の努力がすっかり水の泡になった気がした。

ジェガンの帰りをただ待つのではなく自分でどうにかしようと、ダニは眠っているジョンモクを慎重におぶった。もっと早くこうしていればよかったのだ。中央に一カ所しかない出入口まで長い通路が伸びるタイプのそのマンションは部屋からゴミ置き場まで往復七分かかり、そのわずかな時間も、身を切るような真冬の風にジョンモクをあてたくないと我慢してきた結果がこの始末だ。段ボールとプラスチックでいっぱいになったバッグを両手に握りしめ、ダニはゴミ置き場へと向かった。背中に赤ん坊をおぶった女が、手が二本しかないものだから何度も何度も往復しているのを見て、住人や警備員がダニに駆けより手伝ってくれた。ダニは自分の大変さを四方八方にアピールしたくてジョンモクを背負って出たわけではなく、ほんの少し母親が皿洗いしたり、近所のスーパーに買い物に行って目を離している合間に、子供が墜落死したり窒息死したりする悲劇を日頃からニュースで気にかけていたからなのだが、それでも好意はありがたく頂戴した。三度目にゴミ捨て場に行ったときには、段ボール箱を潰していた警備員と住人が自分たちのほうから、お手伝いしましょう、奥さんの家に取りに伺いますよと提案してくるほどだった。

その場で頭を下げて礼を言うのはもちろん、ちょっと時間のできたときにその住人の部屋番号を調べておき、警備員と住人の両方にお餅や果物のお返しをした。すると、次にまた同じようなことが起きたときごく自然に手伝ってもらえた。そんなふうに、小さい子供を抱えた母親は周囲の手を借りざるを得ないのだし、その借りを返す方法は、少し注意を向ければいくらでも転がっているのだ。

チョ・ヒョネはその程度のことができていない。社交性がないとか愛想が悪いとかいうもともとの性格とは別の話で、「できない」のではなく、誠意がないから「やらない」のだ。たとえば、朝鮮人参や健康食品を扱う会社に勤めていれば、ビタミン剤の一箱を渡すぐらいどうってことはないし、もらうほうからすれば決して安くないものだとわかっているから、常識的な相手ならば二回目からは喜ぶより先に恐縮して、お気持ちだけでということになるはず。だがチョ・ヒョネの場合、自分が挿絵を担当した本の一冊も周囲に配ろうということがない。本人の話では、名前を聞いてパッとわかるような出版社の本じゃなくて気が引けるし、全集でセット販売されているものだから自分の担当した本だけ一冊、というのもむずかしいということだったが、だったら他の絵本でいいから近所の同じ年格好の子たちに一、二冊渡しておけば、自分がどんな仕事をしているか知ってもらえるし、そのぶん普段の生活でも気をつかってもらえる確率は上がるだろう。その程度のひと手間がかけられないのだ。人と人との関係は関節と同様、潤滑油がなければギスギスしてくるもので、それによる痛みや不都合をこうむるのがきまって本人以外の誰かであることが、ダニの主たる不満だった。決して一言挨拶がなかったことに腹を立てているのではなく、共同住宅に住む以上そのくらいは最低限の常識、ルールだとダニは信じていた。

いろいろ事情がある、人づきあいも苦手だというなら、せめてシチュエーションに応じた話し方だけでも身につければいいのに。二人の子供を育てた経験からいえば、母親というのは、たとえ自分になんの落ち度がなくても「申し訳ありません」「ありがとうございます」を口癖に暮らさなければならない存在だ。ついさっきだってそう。「昨日も徹夜だったんで」の後に「本当に申し訳ありません」と一言つけ加えればそれで済む話なのだ。いやいや相手をするというのではなく。やはりそういうことこそ、人間関係のスキル……いや、それ以前に基本的なマナーだろう。チョ・ヒョネ個人のだらしない性格を脇に置いて彼女の職業に偏見を抱くのもどうかとは思うけれど、社会人経験はゼロだし部屋にひきこもってるし、いかにも一匹狼でやってきた人って感じがするじゃないの。

たしかに数日前、チョ・ヒョネの夫のソン・サンナクは、締め切りが終わったばかりで妻は爆睡しており、三人の歓迎会には来られないのだと言っていた。さぞかし熟睡していて、ソン・サンナクがダリムを抱き、裏庭までやってきたのだろう。そんなふうに夫に気をつかわせているのに、チョ・ヒョネはまたゆうべも徹夜したのだ。世界中の絵を一人で描いているつもりだろうか。ともかく、一緒にうまくやっていこうと一言いいたくて部屋を訪ねただけなのに、最初から人の話の腰を折って、次に一人でやればいいんでしょと言わんばかりの口調で。大体その「次」が一体いつになるかもはっきりしないし、そんなことしてたら当番制自体が有名無実化して、体制が崩れるという問題もあるし。人からみれば、たかが資源ゴミでイジメかと思われるかもしれないけれど……。

たかが、ではないのだ。

皮膚にできたウオノメも、ほうっておくうちにたまっていく棚の上の埃も。大きくなったり、積もったりしてから「たかが」で済ませられるものなど、この世には一つもない。風当たりが強いからではなく自分から、そのことをチョ・ヒョネに気づいてほしかった。

焦る気持ちをおさえながらラフな線を描いていると、A4の紙の中にいる子供のふっくらした頬のラインが一瞬途切れ、プッッと折れた2Bの芯がダリムの顔のほうに飛んだ。目に入ったかと思い、ヒョネの口からは絶叫に近い悲鳴がもれたが、幸い芯は哺乳瓶を握っているダリムの手にあたり、床に転がった。顔に飛んだわけでもないのに、ダリムはなんとなく頬のあたりをこすりながら哺乳瓶の乳首をくちゃくちゃ噛んで座っている。色鉛筆の削り屑から消しゴムのカス、色とりどりの紙片まで、部屋はすでにダリムにとっての危険物でいっぱいだったが、手を止める時間が惜しいヒョネはあえて鉛筆の芯だけをすばやく拾いあげ、ゴミ箱に放り入れた。今日中にプロダクションへラフを送りチェックを受けたかったけど、むずかしそうだな。

ダリムはもう生後一年五カ月だから、離乳食中心の献立に完全に切り替え、ミルクを卒業させなければならない時期なのに、食習慣の変更に格闘する余力のないヒョネは、ただダリムに求められるまま哺乳瓶を与えてしまっている。それで悲鳴や泣き声が少しでも減れば、作業に集中できる。まだ言葉のやりとりができない年齢だから、正面に座らせ、自分の前にちゃんと母親がいることを理解させた上で、たまに目を合わせてやるだけだ。二人の間には横長のローテーブルが置かれ、その向こうの乳児用テーブルでは手つかずのままのブロッコリーと牛肉のおかゆが糊状のデンプンになって冷めていた。かといって哺乳瓶の中身を飲みきるわけでもない。ヒョネと目が合ったダリムはきゃっきゃっと声を上げて手を叩き、その拍子に半分空になった哺乳瓶が叩きつけられ、哺乳瓶は半分完成していたスケッチの上に涎とミルクを撒き散らしてヒョネの額にあたり、床を転がっていった。

哺乳瓶を拾うより先にティッシュペーパーを引き抜くと、ヒョネはスケッチの上に飛んだ汚物をすばやく拭き取った。そりゃあそうだろう。子供は目の前に母親がいるだけでは満足しない。えんえん相手をしてやらなければならない。笑顔や泣き真似やおかしな表情を作ってみせたり、歌をうたってやったり、それができなければせめて視線だけでも合わせてやらなければ。ヒョネは絵の道具を広げて机の前に座っているが、自分のイラストに目を落とすことはできない。たまによそ見できるとすれば、ふと気になったヘッドラインに記事をクリックするスマートフォンの画面だけ。それは集中や専念や……そういう、濃密で堅固で美しい確信を必要としない行為だから。ダリムが乳児用のイスから手を伸ばし、体を上下に揺すりはじめる。もうすぐ泣き出すだろうから、おんぶしてやる前にあのおかゆのお皿からまず片づけないと。プロダクションの業務終了時間までにチェックを受けるのは不可能だな。やっぱり明日の朝までにしてもらって、今日も徹夜確定だ。

ダリムを産んですぐの頃も、ヒョネは産後調理院［産後の母体をケアする施設。乳児の世話をスタッフが担当し、母親は母体の回復に専念する］で、ズキズキ痛む手首をサポーターで固定しながらイラストを描いていた。予定日をしっかり計算し、出産前に依頼があった仕事はすべて済ませ、新しい依頼は引き受けずに一時仕事を中断していたのだが、世の中は思うようにはいかないもので、前年度に社内の事情で出版がのびのびになっていた本がようやく残りの作業に着手したからと、イラストの修正依頼が入ったのだった。本格的、大々的な作業ではなかったので、サンナクに持ってきてもらった簡単な絵筆セットと絵の具で修正作業にとりかかった。部屋中に広がった顔料の匂いがドアの隙間から漏れ出すと、看護師が新生児の呼吸器に影響するから止めてくれと言ってきた。利用料が前払いの産後調理院では退院を早めることもできず、ヒョネは新生児室に預ける母乳を大量に搾乳し終えると、絵の道具と携帯用搾乳器だけ持って、搾汁器にかけられた後のしなびた葡萄みたいな体を引きずってアトリエに向かった。二日目にナースステーションから、お母様が予防接種の日でもないのに当たり屋の患者みたいに勝手に出入りなさって外部の細菌が持ち込まれでもしたら、施設の衛生管理がむずかしくなってしまいます、と当惑され、結局ヒョネは、納付金額の三分の一を払い戻してもらって九日で退院した。そのときはまだ三十代半ばだったこともあり、大人たちが「出産直後に手首を使ったら大変なことになる」と心配する手根管症候群の症状は起きていなかったが、やがて後遺症は新大陸の征服者のように少しずつヒョネの体を支配していき、ある日完全に征服してしまった。

マウスやペンタブレットに切り替えたからといってダメになった手首が劇的によくなるわ

けではなかったが、それ以外に画材や他のいくつかの理由からいっても、全面的にパソコン作業に切り替えるほうがよいのは確かだった。しかし、作業環境を変えるのは口で言うほど簡単なことではない。それまでの生き方を変えるのと同じだった。ちょっとずつ移行していき、慣れるまで試行錯誤を繰り返さなければならないのだが、そうなると画風や線が変わってクライアントに嫌がられ、仕事が減る可能性がある。それでなくても出産と育児でイラスト一点あたりの作業期間が延び、仕事のない時期が長くなりがちだったヒョネにとっては挑戦しづらいことだった。

もちろん、これまでだってイラストをスキャンしてデジタル補正するため、高性能のパソコンやプロ仕様の液晶タブレットを使ってはいた。だが、だからといって準備万端でいつでもパソコンに全面移行できるというわけではない。想像を超えるようなグラフィックツールの開発で、彩色なら各種画材や筆のタッチ、質感が表現でき、下絵の線画であれば筆圧まで調整可能、テクスチャにいたっては種類やパターン、エンボスの深さも指定できるなど、ほとんどの完成品は手描きと見分けがつかないくらいだが、ヒョネがそのレベルまで使いこなせるようになるには若手の二倍の時間が必要だった。

おまけに、少し絵をかじったことがある人間ならどんなに驚異的なツールが使われていてもパソコンと手作業の違いに気づきそうなものなのに、最近では何で描いたかはどうでもよくて、むしろ修正や微妙な色相変更がレイヤー単位でしやすいという点でデジタルでの全面作業を支持する声が強くなっている。一方で自分の画風を考え、文明の利器の介入を最小限に抑えたり、商業出版物の場合なら対象とする読者に合わせていまだに全面手作業を選んでいる者もおり、ヒョネは後者だった。あえてたとえれば弦楽四重奏の曲をＭＩＤＩ《ミディ》［電子楽器を制御する規格］で演奏するようなものなのだ。いくらバイオリンと似た音色が出せる高性能のＭＩＤＩであっても、人が直接弓で奏でるストリングスとは比べ物にならない。画材にはデジタルでは表現できない神聖なものがあるという古風で浮世離れした、一種の神話に近い思い入れがあったからこそ、ヒョネは上半身をよじるような痛みに耐えてきた。ダリムに授乳しながら、高熱のダリムをおんぶして寝かしつけながら、手作業へのこだわりこそが手放しがたい達成感や自己顕示欲の一部になっているのかもしれないと思うこともあった。

だが、その手作業に疑問を抱くことになる決定的な瞬間は、体力の限界や環境の急変ではなく、ダリムによってもたらされた。

この「夢未来実験共同住宅」に引っ越してくる前、ダリムがはいはいをしはじめた頃のことだ。交通アクセスや環境の面でそれほどメリットはないが、決して低くない倍率をくぐりぬけて入居者に決まった期待と安堵から、少し緊張感が薄れていた時期だった。ヒョネが搾乳を終え、ソファーの角にもたれて一瞬うとうとしているあいだに、ダリムが絵の具のチューブを口の中に入れていた。皺が寄り、よじれ、少し裂けたチューブからは絵の具がはみ出ていて、夢うつつのヒョネが仰天して起きたときにはダリムの口と手が真っ青に染まっていた。悲鳴をあげ、そのままダリムを抱きかかえて外に飛び出した。恐怖に泣き叫ぶ女と女が抱く子の様子に、たまたま通りがかった人がだまってタクシーを譲ってくれた。

救急外来で、口の中を洗浄したり、あれこれ写真を撮ったり、血を抜いたりして下された結論は、その場ですぐに吐かせなかったから多少時間が経過しており、すでに消化段階に入っているだろうというものだった。医者は、発疹や炎症など他の症状がないから、有毒物質を大量には飲み込んでいないと思われる、一日様子を見てはどうかと言った。

――いろいろなものを食べた子が来ますよ。そのなかで急を要するのは、コインやサイコロあたりを飲み込んだときとか、液体が気管のほうに入った、あと漂白剤みたいな危険物を飲んだときね。砂とかホコリ、ティッシュであれば多少食べても大事《おおごと》にはならないし、うんちで出たのを確認すれば大丈夫です。お母さんが別の容器に入れていた無色の哺乳瓶用洗浄剤を、子供が水だと思って飲んじゃったってケースもあったけど、なんともなかったですよ。ダリムちゃんのお母さんもきっと、お子さんの口の周りが青かったから、こりゃ大変だと思ってびっくりされたんでしょうがね、思ったより量は食べてなかったってことです。口元に付いただけかもしれないし、口に入れて噛んでから吐き出したとか、いくらでもそういうことはありますからね。もし異常があれば、吐いたり下痢したり熱が上がったり発疹が出たりしますけど、今はそういうこともなさそうですし。血液検査も特に異常はなしですね。さっきお子さんが大泣きしてましたけど、あれは、どっしり構えてなきゃならないはずのお母さんのほうがむしろ大騒ぎして泣いてたから、びっくりして、つられて泣いたんじゃないかと思いますよ。とりあえず、今の点滴を最後まで打っていってください。お子さんももし体内に悪いものが入っていたら、外に出すために大小便をいっぱいしたほうがいいですからね。

ピンと張りつめていた神経が一気に緩んで、ヒョネはその場にへたりこんだ。頭の中で回っていた警光灯がひとまず消えたことだし、ダリムが点滴で寝ているうちに、木や小鳥でいっぱいの童話の世界の構図を早く決めてしまおう、今この瞬間だけは、本当に人生が木や小鳥だけで埋めつくされていると信じこもうと思ったが、すぐに携帯電話のチカチカした現実の灯りに意識を集中せざるを得なくなった。仕事から戻って妻と娘の不在に気づいたサンナクからの不在着信が二〇件以上に、サンナクとヒョネそれぞれの親から相前後して十数件、出版社からのものが一件あった。家を修羅場にしたまま飛び出したために、ヒョネと連絡のつかないサンナクが「もしかして行ってますか」と連絡を入れ、そのせいで双方の実家が何度も電話をよこしたらしい。

ヒョネは、気持ちを落ち着けるとサンナクに電話をして事情を説明し、サンナクから両家の親に、何事もなかったので安心してほしいと伝えたのだが、母親が子供を抱いて自宅以外のどこにいたのかと執拗に追及され、事実を明かさざるを得なくなった。すっかり動転した両家の親は、ダリムに別状がないと聞くか聞かないかのうちに、それぞれ龍仁《ヨンイン》と金浦《キンポ》から麻浦《マッポ》へ向かっていた。

先に到着した姑はためらいがちに、その……子供の童話の挿絵って、いま描かないといけないのかしら？　と、ヒョネの保護責任を婉曲に追及し――政府関係機関を勤め上げた、真面目で誠実でクリーンなサラリーマンの夫しか知らない姑は、フリーランスのことを「いつでも気が向いたときにお仕事できる人」と定義しており、さらには納品すれば即代金が支払われる一生現役の一人職場だと思っていたから、共稼ぎにもかかわらずしょっちゅうお金に困っている息子夫婦が理解できなかった。後者についてはヒョネが数年かけ、身をもって正しい現実を示したが、前者のほうはなかなか説明がむずかしかった。それにはまず、一筋縄でいかない社会構造や急激な文化環境の変化から概観しなければならなかったから――一足遅れで到着したヒョネの母親は、姑の姿を認めると、一文にもならない絵に夢中になってる頃からいつかはこうなるだろうと思ってたよ、まさか親が、我が子が何を口に入れたか見てないだなんて、とむしろずっと激しく怒ってヒョネの背中をぶった。子供が脇にいるのに寝られる？　眠くなる？　そんなことであんな山奥行ってから、あんた一人でどうやって子育てするつもりなの。だから、母さんのそばに引っ越してくればいいって言ったでしょうが。すると姑は、バツの悪そうな困ったような表情でヒョネの母親をとめ——うちの近くでも私はもちろんかまわないんですよ、でも、最近は龍仁も金浦も家賃がとんでもないですから。そりゃあ麻浦のど真ん中よりは安いでしょうが、この子たちはそれも大変であそこに行くことにしたんだと思いますし。お金を出すからソウルにいなさいって言ってあげたくても、うちもこの子の姉の結婚があって、なかなかそうもいかなくて。でもまあ、国が建ててくれた家だそうですから、目も当てられないほどひどいってことはないと思うんですけど——と、インフラが不十分な所に越していく息子夫婦と孫娘の安全に不安の色を隠さなかった。救急外来の看護師から、一つのベッドの周りに何人も集まって騒がれたら他の患者さんのご迷惑です、と言われたのを口実にサンナクが二人のご年配の連れ出しに成功していなければ、あやうくヒョネはその場で爆発するところだった。

そんな事故を経験した後も、この本までは……次の本からは……と繰り返しながら作業環境の変更を一日、また一日と先延ばしにしてきた。出産とともに疎遠になり、わずか数人しか残っていない同僚の経験談によると、ある程度なじんだ手法を捨てるのは至難の技で、特に子供向け図書の場合、豊かな色調や多彩な質感を表現するためにデジタルではむずかしいコラージュや版画、造形物などの画材や技法を幅広く使用するからますます大変、ということだった。ヒョネは、決して自分だけが愚かなわけでも怠惰なわけでもないと知って、小さく安堵の息を漏らした。

結婚と出産で改善されたことといえばただ一つ。イラスト料を約束通りに支払ってもらえずに地団駄を踏んだり、ホットシックスやレッドブルを常用するような状態で徹夜している最中に、それでもあんたは好きなことやってんだから自由じゃん、みたいな友人のひがみを聞かされずに済むようになったことだけだ。他はすべて暗転した。既婚で子供のいる友人とだって、出産祝いやプレゼントの肌着に添えられた「これであんたもこっち側ね」という、勝利宣言とも苦笑いともとれるメッセージをもらって以降は、互いに育児に追われて近況を伝えあうこともなくなった。そのうちヒョネは、友人たちが自分にしていたこと――たまま前に座っただけのまったく無関係の相手に、まるでその人が不幸の元凶といわんばかりの恨めしげな顔で我が身の不幸な選択や結果を披瀝《ひれき》すること――を、今度は自分が他のシングルやDINKSの同僚にそのままやっていると気づき、意図的に彼らと距離を置くようになった。残されたものはダリムだけという焦燥感や自責の念を中和するため、仕事の依頼が入ればほとんど断らずに引き受けてあたふたし、ほんの二、三分トイレで休憩するときに、自由じゃんとか言われて一方的にひがみや妬みの対象にされていたあの頃のほうがむしろマシだったかもしれないとつまらないことを思ったりした。

全集を出している出版社同士談合でもしているのかと思うほど、こちらが六、七回催促するまでは何の音沙汰もないという代金の決済方法にも免疫ができ、気がつけばヒョネは、一握りの童心とそれまでの愛憎半ばする想いを原動力に、大量の買い切りイラストを世に送り出すことに慣れつつあった。だから、新しい家への引っ越しを人生のターニングポイントにしようという思いはなかった。家なんてものは、そこで何かがなしとげられるまではただの物理的な空間にすぎないのだから、安息の地といった気恥ずかしい意味づけはしたくはなかった。抽選に応募した理由の九〇パーセントは、もはやソウルの中心部でチョンセ金「韓国独自の賃貸システムで、月々の家賃がないかわり、入居時に数百万から高くて数千万円規模のチョンセ金を支払う。契約更新時に値上げされ、チョンセ金の二重ローンを抱えることもある」を払い続けるのがむずかしくなったからで、引っ越せばサンナクは出勤時間を最低三〇分は繰り上げなければならなかったから、大したメリットが得られるわけでもなかった。それでも、築三〇年以上のアパートやワンルームを転々としているうちに蓄積した疲労を癒やし、気分転換することはできるかもしれない。こんな機会でもなければ首都圏内の、しかも国家が提供する新築住宅に、坪単価の最低価格を下回る金額で暮らす経験はできないはずだから。

同じように考えたカップルが多く応募したと知って、さして期待もしていなかったのに当選した。揃えなければならない書類の数は、ダメもとで応募した者の手には負えないほどだった。住宅請約貯蓄を含む総資産額、財産税や所得税をはじめとした各種税金と保険料、国民年金の納付状況およびその履歴はもちろん、職業や勤め先の詳細の提出も不可欠、夫婦両方と子の健康診断書も出さなければならない。なかでも運命の分かれ目は自筆誓約書で、その内容は次のようなものだった。こうした実験共同住宅に国が着手した理由に、これ以上下がりようがないほど底を打った低出生率があるのだから、入居する子持ち夫婦は最低三人以上、子を成す努力をしなければならない。したがって、入居申請書の提出資格があるのはすでに子供を一人以上持つ、すなわち、人口生産能力が証明されている四十二歳未満の韓国籍の異性婚夫婦に限定されていた。すでに子供が二人以上いる夫婦と、夫婦のうち片方しか勤めに出ていない片働き家庭が優遇されることも明記されていた。通常の福祉制度が高齢者と孫からなる家庭、ひとり親家庭、共働き家庭の順に優先順位がつけられているのとは対照的で、それだけ目的のハッキリした共同住宅といえた。

とはいえ、人の体というものは年齢と関係なく思い通りにならないことがある。すでに子供がいても、二人目、三人目が簡単にできるという保証はないから、申請によって体外受精の不妊治療費用も受給できた。あらゆる努力を重ねても入居十年以内に子供の数三人（妊娠中を含む）を達成できない場合、そうなったら退去すればよかった。それまで最低レベルの住宅費だったことで手にした利益や、生活する上で避けることのできない経年劣化の費用を払う必要もなし。ただしそのためには入居中に夫婦双方がきちんと通院し、努力したことを証明する診療明細書を提出しなければならない。それがないと故意の誓約義務不履行や不誠実行為と見なされて、その間の住宅使用料について提示された金額を払わなければならなかったから、当選を知らされたとき、ヒョネは急に怖くなった。三人なんて……産めるのか？

しかし、子育てママのサイトでの反応をみると、ダメだったらそのときはそのとき、どうせ強制執行なんてできないんだし、いま目の前のことを考えたら、後でどのくらい弁償させられるかなんてどうでもいい、というあっけらかんとした意見が多かった。そんな勇敢な意見、括弧でくくって省略されたような未来について考えるうち、ヒョネはふと、イラストを遅れに遅れて入稿し、印刷機が回りだす直前まで、あと数日、だめなら数時間だけでも、と必死に時間稼ぎをしていた頃のことを思い出した。約束なんか、必ずしも守るためにだけあるんじゃないんだからと言いたげなこの無責任な声も、もしかしたらちょっと締め切りに遅れることや、それよりはるかに遅れる代金の支払いと大差ないレベルなのかもしれない。そう思うと、少し心がラクになった。どうせこの世で約束や時間をきっちり守れる人間なんて、懐中時計を胸にしのばせて散歩するカントぐらいのものだ。さほどあてにならない国家が初めて取り組む事業なのだから、多少の試行錯誤はあるはず。管理や運営面で問題が起きたり、政権交代で事業そのものがうやむやになったりってこともありうる。その間に機会費用をセーブしてて、ダメになったらそのときに引っ越せばいいことじゃないですか？　どうせ全くのタダじゃないんだし、いいとこ取りだって責める資格、誰にもないですもん……。政府はモデルケースの一、二カ所が順調なら全国に夢未来実験共同住宅を拡大したいと意欲的だが、やれ地域事業だ、フェスティバルだ、経済活力の引き上げだといっては事業ばかり立ち上げて、どれだけこの国はお金をドブに捨ててきたんだか……。不安を慰安で包むことは思ったよりたやすかった。目をつぶってしまえばいいのだし、もしかしたらそれは、瞼を閉じるよりも簡単なことかもしれなかった。

そんなふうに引っ越してきて、一期先に入居を終えたシン・ジェガンとホン・ダニの夫婦、コ・ヨサンとカン・ギョウォンの夫婦と顔合わせをした。二つの家族は知りあってから四カ月のあいだ、肩を寄せ合ってひっそりと暮らしてきたらしく、すでに親密で、ヒョネは自分の入り込む余地はない気がした。ホン・ダニとカン・ギョウォンが明るい笑顔で歓迎する様子にも打ち解けることができず、むしろ居心地が悪く、まるで自分は水彩画の上にぽとりと落ちた油性絵の具のひとしずくのようだという思いが頭から離れなかった。到着したその日からなんとなく予感はあった。三番目の入居者を出迎えたホン・ダニは、ヒョネの子供が一人であることに驚くと、「ここは子供二人が基本なのに、そんなこともあるんだ。よかったですねえ！」と、なんの悪意もない表情で感嘆し、しばらくしてヒョネがフリーのイラストレーターだと知ると、今度はこうコメントした。

「ここって片働き家庭が優先だったはずなのに、どうしてそんなに運がいいの？　いっそ宝くじも買っておけばよかったのに」

もちろんヒョネは、自分の収入が大した額ではなく、なにより社会保険適用の職場に通っていないから、仕事をしていても労働とみなされないことを知っていたし、書類上の瑕疵《かし》もなかった。いっとき一緒に仕事をしていた先輩から聞いて、片働きか共働きかの区分がいかにざっくりといい加減なものか、取りようによってどうとでもなることかもまた学んでいた。先輩はヒョネと似たような仕事で、その夫は高校の教師だったが、区立保育園に入園願書を提出すると、共稼ぎ家庭でなければ受理できないと即刻突っ返された。先輩は前年度の所得税納付書を差し出して、毎月の健康保険料も国民年金も夫婦別々に納めている立派な共稼ぎ夫婦だと証明したものの、園側は、稼ぎが十ウォンか一千万ウォンかは問題ではない、突然監査に入られたとき無事切り抜けられるのは、どこの会社に勤めているかが書かれた在職証明書だけだと強弁したのだった。結局、先輩は何度か仕事を依頼された全集プロダクションの総務に泣きついて「外部企画委員として本社勤務」というよくわからない肩書きの在職証明書を出してもらい、それを提出したという。

だからヒョネの場合は逆に、仕事をしていないとわざわざ証明する必要はないのだ。将来政治家になって洗いざらい調査される予定もないからこの程度の不正はなんの問題もないし、不正でないといえば片働き家庭の話もそうで、優遇条件なだけで必須項目ではないのだから、基本的な要件を満たしているか否かにはなんの支障もない。だが、すでに完璧な条件をクリアして入居した側からすれば、ヒョネの手にしている恩恵はほとんど特別待遇に見えるのかもしれないし、少なくとも面白くはないかもしれないので、ヒョネは入居したその日に、彼女たちと必要以上に接触して無駄にネタを与えないようにしようと心に誓ったのだった。

それからは、毎回が今日のような調子だった。ホン・ダニは共同住宅の入居者同士が日常生活で密に関わりあうことで、多少外界から切り離されたことによる人間関係への飢えを癒やそうとしていたし、ヒョネはヒョネで、ダニからの伝達事項や決まりごとを故意に無視するつもりはなかったものの、集会やら協働やら会議やら協力してのゴミ処理やらにあまり気が回っていないのは事実だった。弘大《ホンデ》［ソウル・弘益大学周辺の若者が集まるエリア］のアパートに住んでいた頃は、似たような住宅難民が集まり、できるだけ互いに接触しないように過ごしてたのに。実験共同住宅と名づけられたここは、規模はあのアパートとさしてかわらないくせに、「共同」という名前ばかりがことさら強調されている気がする。「実験」のほうはどこにいったのだろうと思うが、そこを気にしている場合でもなかった。

そんななかで登場した四番目の入居者家族だったから、ホン・ダニがそちらに夢中になるのを願う気持ちもあり、歓迎の場にわざわざ自分が出ていかなくていい気がした。なにより、何日も徹夜をして一気に仕事を片づけたせいで、本当に心身ともに疲労困憊していた。絵と向き合っているときは、この世界のどこかに、哺乳瓶や、牛のひき肉とおかゆの離乳食や、そういうものを作るのは尊い作業だとたたみかけてくる声や、プラスチックゴミだの公共の福祉のための会議だのが存在しない場所がきっとあるにちがいないと思っているのだが、不満足ではあれ一つの作業に終止符を打つと、どんなにうるさくて食べかすが散らばった場所に横たわっていても、眠ることはできるのだなと思うのだった。

うつらうつらしながら、新しくきたソ・ヨジン夫婦はうちと同じでまだ子供一人だよというサンナクの話を聞き、少しホッとした。おそらくそれは安心というより、目の前の何か、誰かに激しく同意したいという共感への渇望に近かったのだが。

「さあて。じゃあちょっと、お世話になりますね」

軽快でやや図々しげな言葉とともに、シン・ジェガンが助手席へと乗り込んできた。最初は後部座席のドアを開けたが、一、二秒迷ってからドアを閉め、あらためて助手席のほうへまわった。どうやらシン・ジェガンも、ヨジンと同じくらいこの状況に戸惑っているらしい。最低限の常識はあるとアピールするために何かアクションをつけたかったのだろうと思い、ヨジンも困惑した表情を押し隠して、何も言わずにエンジンをかけた。

シン・ジェガンの家のSUV車が軽い接触事故で修理に出されていると聞いて、じゃあうちのヤツと相乗りで出勤してくださいよ、と先に調子のいいことを言ったのはヨジンの夫のウノだった。ヨジンは思わず口に出しそうになった。「うちのヤツ」ってのが好きだわね。勤めに出るのは私なのに、誰にむかって「うちのヤツ」って言ってるわけ。ううん、今大事なことはそれじゃなくて……。たしかに、そのタイミングでヨジン以外に時間と状況が許す人間はおらず、ウノもそれを察した上で言ったはずなのだが。

ヨジンの勤める薬局は、街の中心部にあるシン・ジェガンの会社までバス停で五つの距離で、ソウルの北の外れに勤め、通勤時間帯も異なるソン・サンナクや、京畿道が職場でそもそも方向が逆のコ・ヨサンに比べればはるかに近かった。また病院の診察開始時間を考えると、シン・ジェガンを会社の前で下ろして職場に行く余裕もある。いつもより一〇分早く出ればいいのだ。ヨジンには困っている隣人のために一〇分早く家を出られない理由はなかった。もちろん、そのぶんウノがシユルをきちんと世話するという前提でのことだ。だがウノは、今朝もさんざんシユルの靴下やおやつ、子供用ハミガキのある場所を聞いてきたし、それはふだんから誰がそういう物をよく手にしているかの証拠だった。

もう一つ。通勤する車に誰かを乗せると先に決め、言葉にするのは、ハンドルを握るヨジン本人であるべきなのに、まるでウノは自分がヨジンの代弁者みたいに、ヨジンの意志はウノが決定するかのように宣言して通告した。そこでヨジンが同意しなければ気まずくなる雰囲気ができ上がっていたし、それでいいよな、問題ないよなとヨジンに聞いてきたのは、言ってしまった後のことだ。ヨジンが首を縦に振るか横に振るかの向きを決める間もなく、ホン・ダニがやりとりに割り込んできて、さっさと話をまとめてしまった。そうよ、ヨジンさん、ちょうどよかった。ちょっと助けてもらえます？　あなた、途中でヨジンさんの車にガソリン入れてあげて。その場で不機嫌そうに一同の顔を眺めたら自分だけ非協力的で思いやりのない人間にされそうで、ヨジンはなんとなく追いつめられていることを知りながらも、あ、そうですね、そうですよ、いえいえ、とんでもないですガソリンなんて、ゆうべ満タンにしてありますし、と答えた。いっそ自分から相乗りを提案していたら、これほどモヤモヤした気分にはならなかったかも……。そこまで考えて、自分が、客観的に見ればごく些細なことにまで、誰が先に善意を示し見返りを得たかという因果関係にこだわる神経質の結晶になったような気がした。

ヨジンは秘書や運転手ではないから、シン・ジェガンがいわゆる社長席と呼ばれる後部座席右手に座るのも微妙だし、かといって隣人の妻の隣に陣取るのも滑稽ではあった。彼が瞬時に頭を働かせて助手席にきたのは、助手席を避けていたら、へんにこの状況を意識しているととられかねないと踏んだからだろうし、それは賢い選択だったろう。深く考えることはない、本当に日常よくあることなのだ。会社のレクリエーションや出張で、女性社員が運転する車の横に乗るのと変わらない。頭ではそう理解していたから、ヨジンもいたずらにナーバスだと思われたくなくて何も言わなかったが、共同住宅の入居者の半数以上に見送られるなか、二人並んで出勤する気分は少し違う気がした。おまけに、最低四〇分は一緒に車内にいるのに、どんな会話をこの場の潤滑油にすればいいかさっぱり見当がつかない。知り合って何日だっけ？　いっそ会社の同僚なら、仕事の話や上司の悪口でも言うんだけど。シン・ジェガンも同じことを考えているのか、厚かましく乗り込んできたあとは出発から一〇分経過しても、大して見るところのない車窓の景色ばかり眺め、口を開こうとしなかった。自分がいつでも人懐っこくできるタイプではないことは知っていたが、妻のホン・ダニ同様、ある意味共同体のリーダー的存在に見えたシン・ジェガンまでもが沈黙を守っているせいで、なんとなく気まずかった。そしてヨジンは、なぜ自分がこんな思いをして出勤しなければならないのかがわからなくなり、心の内側に足を踏み入れられたような気分になった。

「……おんがく」

ラジオをつけて雰囲気を変えることを先に思いついたのはヨジンだった。

「なにかお好きなジャンルってありますか？」

それが自分への言葉だとは思わなかったらしく、シン・ジェガンはしばらく黙っていたが、次の瞬間、ビクッと飛び上がるようにして答えた。

「あっ、ああっ、お好きなのをどうぞ。ボクは何でもかまいませんから」

「じゃあ、交通情報にしておきますね」

「ええ」

交通情報からはリアルタイムの道路状況ではなく、九十年代のポップスが流れてきた。ヨジンはボリュームを二つぐらい上げたくなったが、話すことがなくて空気の交わりを断とうとしている印象になるかもしれないと思い直し、そのままうっすらBGMにしておいた。そんなふうに一個一個考えるほどに、なぜ自分が一日のなかでも貴重な一人の時間の通勤時間を、他人との関係に悩んだり、距離の取り方に気を遣いながら座っていなければならないか解せなくなった。

「新居はどうですか、だいぶ慣れましたか?」

この渦中でシン・ジェガンもシン・ジェガンなりに会話が続く努力をしているらしい。ヨジンは大げさに肯いてみせた。

「ええ。新築ですし、前の家より二坪くらい広いので、いいですよ。なにより空気が全然違う気がしますすね」

このくらい言っておけば問題ないだろうと思ってすぐにハッとした。ひょっとしたらシン・ジェガンは、家のこと以上に、隣人から見た自分たち先住者の印象を聞きたかったのかもしれない。

「シユルちゃんはほら、あっちの方はどうですか。敏感な子だとシックハウス症候群とかありますでしょ。呼吸器とか皮膚とか」

「うちは完成直後の入居じゃないので、引っ越ししてくるまでの間に有害物質は風で流れたんだと思います。特に変わったことはないですね」

ヨジンは、そろそろ自分も、相手への関心を示したり安否を尋ねたほうがいいタイミングだと思い、つけ加えた。

「ジェガンさんのお宅の、あの……お子さんたちは、最初大変だったんですか？」

ほんの数日前に会って話をしたばかりの子供たちの名前がすぐに出てこず、ヨジンは適当にごまかした。相手は発音しづらいシユルという名前を覚えていてくれたのに。子供の数が一人か二人かの違いはあるが、こういうところにも性格の違いを感じてしまう。

「下の子がちょっとありましたけど、上の子はある程度デカくなってましたから、平気でしたね」

そのまま再び沈黙になるかと思いきや、シン・ジェガンは最初の出会いのときと同じ、快活な調子で言葉を続けた。

「子供の話が出たついでなんですがね。いまのところまだ、シユルちゃんの保育園や幼稚園を遠くまで行かせるかどうか、はっきり決めてませんよね。このへんは環境がイマイチなんですよ。実は、前々からボクとダニ、ヨサンくん夫婦で相談してたんです。ただ手をこまねいて、それぞれの家でおもちゃを預けて遊ばせておくんじゃなくて、みんなの子供たちを集めて、親が順番に保育をする活動プログラムみたいなものを作ったらどうだろうって。すぐそばに空き地もありますし、畑なんかやってね。歌をうたって、本の読み聞かせをして、工作遊びして、みんなでご飯も作って食べて。その場合のポイントはもちろん、子供に安心な食材を食べさせるってところですが」

「ああ……そういうのもいいですよね。ただ遊ばせておくよりは」

「せっかく緑豊かな場所に越してきたんだから、使わない手はないってぐらいの話ですがね。なので、もしプログラムの大枠が固まったら、費用が発生するところは事前にみんなで出し合うってことでいいかどうか、せっかくだから伺っておこうと思って」

よく「よりどころ《トジョン》」と呼ばれる、自然豊かな環境で、遊びを中心とした保育を行う共同育児保育所の場合、入園時に支払う出資金だけで保証金五百万ウォン以上［一万ウォンは日本円で約千円］、毎月の組合費は四、五十万ウォンと聞いていたから、そこまでの規模ではなく、お互いのニーズにあわせ助け合いながら合理的な金額を集めるというのであれば、ヨジンに反対する理由はない。

「あっ、ええ。特にまだ計画もないですし、夫に任せっきりだったので、気にかけている余裕もなくて……」

子育ての相当部分を担当し、そのことに関心を払うべきはウノのほうなのだとハッキリさせたかったわけではなかったが、気がつけば少しはぐらかすような、防御的な答えになっていた。

「もちろん、予算は領収書処理で透明性を持たせます。ダニはそういうところ徹底してましてね。幼児教育の専攻だったし、保育園にもしばらく勤めてましたから、いろいろプログラムに詳しいんですよ。なんだろう、自分の奥さんだから言うわけじゃないですけど、ピアノだ美術だ料理だって、いろいろ真似事がうまくてね」

話しながら頬を緩ませるシン・ジェガンにつられて、ヨジンも笑顔になった。

「そんな、真似事だなんて言ったらいけませんよ。専門家って言わなくちゃ。私はダニさんみたいな才能はこれっぽっちも。何をやっても不器用だし、ツェルニーも小さい頃一〇〇番やったきりで鍵盤のドレミの位置も怪しいですから。それに美術まで……すごいじゃないですか」

「実は、美術の専門家は他にいるんですけどね。ヒョネさんは絵画の専攻ですから。ダニも、工作なんかはまあ器用ですよ。ちっちゃい子にごっこ遊び程度のことを教えるのに、芸術的感性とか才能とか、それ以上のものが必要かどうかはわかりませんけど、まあ多芸は無芸って言うじゃないですか。それはともかく、利益を出すためじゃなくて、せっかく似た年頃の子たちが何人か集まってるんだし、もうちょっと有意義に遊ばせようってことで出た話なんです。輪郭がもう少しはっきりしてきたら共有して、ご意見伺いますよ」

予算の問題が壁となって、夢未来実験共同住宅事業では保育園の整備が優先順位に入っていなかった。車で一〇分ほどの隣町に一般家庭が運営する保育施設があり、さらに二〇分ほど行った市街地には私立幼稚園があったが、いずれも地域の住民のためのもので、それでなくても定員に空きが少ないところへ無理矢理入園しても質のいい保育は望めそうになかった。「最初のボタンをかけ間違えるな」ということわざがあるのは、世間のさまざまな〝最初のボタン〟の前に、試行錯誤という名のありとあらゆる穴が大きく口を開けているからだろう。共同住宅がうまくいきそうなら人口も増え、需要が増えれば保育園も作られるだろうが、その前段階である最初の入居者は一種の開拓者および実験台にすぎないというわけだ。ひょっとしたらこの場所に共同住宅が建設されたのは、地域住民との交流や適応がスムーズにいかなそうだからで、自分たちで共同保育の土台を整えろということなのかもしれない。

そういう意味で、ヨジンにはシン・ジェガンの話が漠然とした構想のごく一部のようにしか聞こえなかった。子供を一カ所に集めて保育をするといっても、誰かが本格的に責任を負い、とりあえずやってみようと冒険精神を発揮しないかぎり、スタートはむずかしいだろう。具体的な計画を立てて予算を組み、実行に移す頃には、シユルは小学校に入学しているかも。そうなったら街の小学校まで車で送り迎えしなくちゃ。塾代におやつ代を上乗せして、学校が終わったら近くの塾や習い事をぐるぐる回らせ、仕事帰りにピックアップする戦争みたいな毎日になるんだろうな。それとも、少し無理してでももう一台中古車を買ってウノに送り迎えしてもらおうか。いずれにしろ、すぐにシユルは対象外になるはずだった。

「そうなったら、ヨジンさんご夫婦も一緒にやりますよね？」

だがシン・ジェガンは、まるで具体的なイメージがあり、後はそれを実行に移すだけと言わんばかりに念を押してくる。ヨジンはなんとなく曖昧に肯いた。

「ええ、私が……私や、夫ができることがあったらおっしゃってください」

言葉を交わし、子供の話題が出てはじめて、ヨジンは終わりが見えないかに思えた通勤時間に耐えられる気がしていた。やはり、子育てする者同士が共有でき、間が持てる最大の話題は子供だ。似たような立場や状況に置かれ、しかし所得レベルや社会への関心度、文化の享有範囲は全く異なる者たちが持つ共通点といえば、子供がいるという事実だけなのだ。子供が生まれてはじめて、子供の誕生で人生はどんぶり勘定になるのに経済は緊縮財政になるというアイロニーを経験してみてはじめて、それまでの自分の人生がどの辺に位置していたかを、目の前に突きつけられる。その殺伐とした思いを打ち消したくてひたすらひけらかしと比較にあけくれるなか、唯一つながることのできる、純粋で透明な輪。中心に置かれる話題。

「あとで何時に会社にお迎えに来ましょうか？　薬局が閉まるのは八時なので、少し遅すぎるんじゃないかと心配で」

シン・ジェガンの会社に到着して、ヨジンはそう尋ねた。話が途切れなかったおかげで、その頃にはウノの態度や出発時の状況への不満、ないしは孤独感が薄れ、どうせ何日間か同乗通勤しなくてはならないのだから、せめて気持ちよく行ったり来たりして、最低限友好的な態度を示そうと思っていた。

「会社員って、出勤はうるさく言われても退勤はいいかげんですからね。わざわざ来てもらわなくても、ボクが早く終わったら適当に時間をつぶしてからバスで薬局の前まで行きますよ。そこから一緒に出発しましょう。途中でガソリンも入れて」

「あっ、そのことなんですが、本当に結構なんです。そこまでしていただかなくても。ほんの数日ですし」

「そう言わないでください。せっかくプラチナカードをもらってきたんですから、使わなきゃ。今日ボクがこれを使わないで帰ったら、うちのダニお姉さまに文句言われちゃうんです」

車を降りると、シン・ジェガンはさわやかな笑顔を浮かべながら銀色のカードをかざしてみせた。カードが日差しに反射して一瞬きらめいた。

「じゃあ、お仕事が終わったらご連絡ください」

「いや、ボクが早く終わったせいで気をつかわせたらよくありませんから。薬局を閉めたらヨジンさんがメールください。時間は気にしないで。それまでボクが会社でどう時間つぶすかは心配しないでくださいね。どうせ仕事なんて、いつだってたまってるんですから」

異議を唱える間も与えず、ムダな言葉もない、スマートでクリアな人物だった。世間でよく言われるいい人、ないしは仕事のできる人とは、こういうタイプなのだろう。

互いに顔見知りになってせいぜい半年から八カ月、ヨジン一家にいたってはまだ引っ越ししてきて一週間しか経っていない。入居予定者が今現在住んでいる住居の契約の都合もあり、空き住戸はいまだに八戸あった。十二戸すべてが入居すれば、それこそ人の住む所らしくわいわいがやがやと騒がしくなり、毎日子供の泣き声や笑い声がたえないだろう。ならば一足早く入居した者たちで生活や教育の枠組みを作り環境を整えようと、意見の集約がはかられることになった。会議の場所はシン・ジェガンの家、欠席はチョ・ヒョネとカン・ギョウォンだった。チョ・ヒョネについては娘のダリムが嘔吐したため、後始末をしてダリムを寝かしつけてから参加するというソン・サンナクからの説明があり、カン・ギョウォンは二番目のセアの熱が下がらないため、街の病院に連れて行ったという話だった。

「なにしろ子供ってのは、親の事情はおかまいなしに具合が悪くなりますからねえ」

カン・ギョウォンの夫、コ・ヨサンが言った。

「おまけに、必ず夜中や休日の救急外来に行くことになるんですよ」

三〇分以内にまた噴水みたいな嘔吐をしたらダリムも病院に連れて行くつもりだというソン・サンナクが、それに同意した。

「でもまあ、今日のうちにきちんと時間をとっておいたほうがいいと思いますんで。子供と大人の両方に都合のいいタイミングを待ってたら、ボクら、年末まで集まれないでしょうからね」

シン・ジェガンが高らかな笑い声を混じえて続ける。

「今日話に参加できなかった方にはそれぞれパートナーの方からお伝えください。伝達事項はあとで整理して、わかりやすく紙にまとめますから。じゃあ話を続けさせてもらっていいですか」

「ええ、次いきましょう」

主にシン・ジェガンとホン・ダニの口から語られる話は、専用車線を走るバスの車輪のように明確な目的地めがけてよどみなく進むのだが、自治会の定例会ほどにもならない、せいぜい雑貨屋の店先でやる頼母子講レベルの人数かどうかというところなので、他の参加者は気が散りがちになり話はなかなか深まらなかった。大学生の時もこうだったな。ほんの数人がテーマと違う話をしただけで、グループの課題は耐えられないほど遅々として進まなくなり、中学生の家庭教師のアルバイトの時間が迫っていたヨジンは、そのたびに一目散に駆け出したい焦燥感に襲われたものだった。もちろん今はあのときとは違い、無駄話に苛立ったりはしない。この場でやりとりされる案件はどんなものも子供たちのための、子供たちに関することだから、嘔吐だろうが高熱だろうが究極すべて関係のある雑談だった。自我が芽生える前の子供というのは、食べて、寝て、大小便をして、たまに吐いて、そうやって新しい皮膚と筋肉を育むことこそが本来の任務の、まさに生命維持に忠実な生物なのだから。

とはいえ、すぐ目の前のリビングで遊ぶ子供たちの声が気になって話がしょっちゅう中断するのはどうしようもなかった。子供たちは生きて、動いて、騒ぐ。叩きあいっこをしたり、足をかけて転ばせたり、泣いたり笑ったりするたびに、喉が乾いて汗が出るたびに、その都度母親を探した。子供たちの「オンマ《ママ》～」という呼び声は、必ずしもそうしなければならないとき以外にもぽろりと飛び出してくることがあり、ときには本能や反射作用以前に存在する自然の摂理、たとえば心臓の鼓動に近い叫びだった。

奇妙なことだった。そういう状況で父親を求める子は一人もいないのだ。転んで膝をすりむいたと泣く子も、ゴキブリを見てびっくりした子も、本当にどの子も、切迫した状況にはオンマと叫び、父親や兄、姉の姿を探すことはなかった。ヨジンはふと、祖父と二人きりで暮らしていた九歳の頃のことを思い出した。ある日、庭で死んだネズミを踏みつけそうになったヨジンは、思わずオンマと声を上げた。するとすぐに祖父が走ってきたが、それは孫娘の恐怖をなだめるためではなく、骨張った手で孫娘の背中を張りとばすためだった。家を出たきり連絡一つよこさない母親を恋しがったから、という理由だった。思わず口をついて出た言葉を、どうやって遮れというのだろう、今後は何かにつけ、もうオンマはいないのだと自分に言いきかせ、悲鳴を上げそうになるたびに即「アッパ《パパ》」や「ハラボジ《おじいちゃん》」と言いかえるのが正しいのか。ヨジンにはわけがわからなかった。成長の過程で折にふれこの「オンマ」という苦痛の叫びについて考え、「オモナ《おやまぁ》」という感嘆詞の変形だろうという結論に達し——もっとも、語源の前後関係は大抵曖昧なので、「オモナ」のほうが「オンマ」から派生したのかもしれない——もう少し大人になって大学の教養心理学の授業でユングを学んでからは、オンマという言葉自体、人類の遺伝子に刻まれた集合的無意識の一種かもしれないと思うようになった。したがって、その集合的無意識の打破に今からでも、人類が力を合わせてできることがあるとすれば、ヨジンの祖父がそうだったように、まずは家庭で、子供に、何かあったらママではなくパパを呼びなさいと根気強く言い聞かせ、未来のための遺伝子操作をゆっくりと進めていき……。そうすれば、オンマという慣用句は、みんなの舌に痕跡器官としてのみ残り……。

ガチャン。それでなくても引っ越してきたばかりで話の中身がうまく頭に入ってこず、あらゆる時空間をいたずらに漂っていたヨジンの想念は、ガラスのコップが割れる音とともに砕け散って虚空へと消えた。非常事態だと頭が理解するより先に体がバネ仕掛けのように飛び上がり、大声を上げていた。

「ダメ、触らないでっ！」

シユルが割れた破片をなにげなくつまもうとしているのを見てそう叫び、我が子のもとへ駆け寄って、ヨジンはハッとした。子供たちが全員、すっかり怯えきった様子でヨジンを見上げていたのだ。ヨジンは一瞬、自分がそよ吹く風をサイクロンだと騒ぎ立てたような気分になり、言い訳めいた言葉をつぶやいた。

「ママが片づけるから。こういうのは大人が片づけるものなの」

シユルを安全なところに下がらせたあとで、ウビンが手から血を流しているのに気づいた。

「すごく痛い？　だいじょうぶ？　おばちゃんにちょっと見せて」

だがウビンは、痛いからでもなければ手を流れる血の色に驚いたからでもないというふうに唇をわななかせ、一拍おいて泣き声を張り上げた。

「あーらら、今日はうちの子たち、二人とも病院行きかなあ、どーれどれと」

コ・ヨサンがウビンに近づくと、脇の下に手を差し入れて抱き上げた。ホン・ダニがビニール袋と濡らしたキッチンタオルを持ってきた。

「大きいのだけ気をつけてこの中に入れて、破片とかガラスの粉は濡れたやつで拭けばいいわね。ヨジンさん、そのままにしてください。わたしがやるから」

「いえ、一緒にやります」

「こういうのは一人でやったほうが早いのよ。ムダに何人もケガしないほうがいいの。みんな、ヨジンおばさんの後ろに行ってなさい。ここ踏まないように、そうっとね、そうそう。自分のうちなんだし、壊れた物だってうちの物なんだから、わたしがやったほうがいいんですよ。全部片づけといたつもりだったのに、いつこんなものが出てきたんだろう。わたしのミスね」

「大したことないな、ただの擦り傷だ。刺さってもないし。水できれいに洗っておけば平気だな。ちょっとバスルーム借りますね」

コ・ヨサンは涼しい顔でウビンを抱いたまま浴室に行き、蛇口をひねった。

「そんなに泣いてるのに擦り傷なんですか？」

「ハハハ、コイツが泣いたのはねえ、痛いからじゃなくて、ヨジンさんが叫んだからビックリして、自分がなんか悪さしたと思ったんだな。もう平気です、心配ご無用ですよ」

全員がこれほど落ち着いているのに、自分だけが軽率な真似をしたようで、ヨジンは顔が火照った。はっきりしているのは、会議がそんなふうに中途半端なままお開きになったことだった。ウビンの泣き声を聞いてシユルまでもが、言いつけるように大声で叫んだのだ。この子がね、シユルはさわっちゃだめって言ったのにね、この子がね、さわって落っことしちゃったんだよ。ああ、そうだね、わかったわかった。他人の前で我が子の話ばかり聞いてやるわけにもいかず、ヨジンは適当にあいづちを打った。シン・ジェガンが笑顔で肯いた。

「今日出た話だけ整理して回覧しますよ。残りの項目はチェックを入れてボクのところに戻してもらえれば、とりまとめますんで」

「ご迷惑をおかけしてしまってすいません。私がなんか大騒ぎしちゃったみたいで」

「いや、とんでもない。同じ年頃の子が集まったら中断、また中断で話が進まないもんです。それに最優先は子供の安全ですからね。ヨジンさんだけじゃなく、みんなそうですよ」

みんな……。しかし、立ち上がって声を張り上げたのはヨジンだけだった。ヨジンは、シン・ジェガンがヨジンのいたたまれない気持ちを察してなだめようとしているのだと思った。コ・ヨサンとシン・ジェガン、それにホン・ダニは子供が二人いるから、いろいろ小さな事故には慣れていて、どっしりと構えていられるのかもしれない。ソン・サンナクはこの場にダリムが来ていないから、それほど注意を傾ける必要もなかったろう。だが少なくともウノは、先に動くべきじゃないのか。父親になった者としての本能があるなら、たとえその動きが非経済的で非効率的なものだとしても。そんな彼らを見回しながら、ヨジンは集合的無意識だの遺伝子だのといっていた自分の雑念がどれほど無意味だったか知り、失笑を漏らした。

それにしても。一番はじめに入居したからという理由で、こんなに積極的にまとめ役を買って出て、住人代表の役目ができるものだろうか。人づきあいそのものが得意ではなくて、いまも連絡をとりあっている友人は二人だけ、そのうえ学校ではプリントを回す列のリーダーや班長ぐらいしかやってこなかったヨジンは、引っ越し当日にあれやこれや教えようとしてはうまく話に割り込めずにうずうずしていたホン・ダニの姿を思い出し、ああいうのだってただの出しゃばりってわけではなく、よく言えば人懐っこいってことだろう、似たもの夫婦だからできるんだろうな、とぼんやり考えた。そして、不意に浮かぶ疑問。じゃあ自分はあんなふうに、どこへいっても無色透明に溶けこむ準備ができた、まるで白砂糖みたいな人間なのだろうか。それとも、どれほど強い風に吹かれてもすっかりとは身を預けられず、ダンサーが手足でリズムを取るくらいなんとなくでしか人と合わせられない人間なんだろうか。ああいう素質がなくても守り抜けるような日常だけで埋めつくされているのだろうか。現実の空間は。

翌日、受け取った回覧板のチェックリストすべてに、ヨジンは丸印を書き入れた。みんなでさせたい活動。畑づくり。音楽鑑賞とお歌。折り紙などをはじめとした各種工作。お絵かき。リズミックや打楽器を使った身体活動。季節の伝統行事。本の読み聞かせとおはなし会。どれもこれも中途半端な感じはするが、少しずつであれ全部できれば、他の保育園をうらやまなくてもよくなるかもしれない。どうせ幼児教育に関わった経験のある一人をのぞけば普通の父母しかいないのだから、体系的だったり専門的だったりというレベルは期待していなかった。子供たちみんなが誰か大人の見守りのもと、一緒に活動して時間を過ごせれば、それで十分だった。

大事なのは、時間を過ごすという部分だった。とにかく時間を過ごし、細胞の数を着実に増やすのが子供の仕事。その子供を見守る大人の主な仕事といえば、時間に耐えることだった。時間に耐え、やりすごし、次のページをめくること。そこに広がった真っ白な面に、新しくてよくわからない線を書きいれてみようと、予想もつかない色を塗ってごらんと、子供をうながすこと。その間に自分自身の存在は毎日少しずつ下絵にされ、最後には消しゴムで消されてしまうのだとしても。

平日昼間の荷物持ちとして適任なのは、どう考えてもウノだった。ホン・ダニの家の車に乗って、二人で街の大型スーパーまで買い出しに行くあいだ、子供たちはチョ・ヒョネとカン・ギョウォンが見ることになった。したがって、ヨジンとシン・ジェガンの相乗りは、車が修理から戻るまでの期間限定という話がいつのまにか立ち消えになり、ヨジンにとってはシン・ジェガン同乗での出勤が当然のこととなりつつあった。

文房具やお絵かき道具、紙類、食材のようなものはまとめてネットで注文し配達してもらうほうが面倒じゃないのではないかと、前の日にヨジンはそう提案したのだが、ホン・ダニから返ってきたのは、まず自分の目で見て、手で触れて、直接品物を選んだ上で、商品名やメーカー、ホームページのアドレスなどの商品情報が一目瞭然になるようにリスト化し、次からそれを使いましょうという返事だった。さらに、食材は最大限環境に配慮していて新鮮なオーガニック野菜専門店のものにすべきだとも言われ、もちろんヨジンは、経験者の言葉に間違いはないはずだと肯いた。子供が口にする食べ物だし、直接触れる道具だし。環境ホルモンだらけの安いおもちゃを、さして問題意識も抱かずにシユルに渡してやっていたこれまでの日々が恥ずかしくなった。知り合ってほんの一カ月ちょっとだが、ホン・ダニがバランスのとれた丁寧な暮らしを目指していること、そういう暮らしを維持するための管理能力に優れていること、一方で、たまに何の悪気もなく相手を萎縮させる才能があることぐらいは早いうちにわかっていた。彼女を見ていると、完璧というにはほど遠く、そもそも完璧という二文字と仲良くなりたいとさえ思っていない自分が、トータルに見ると世間に対して間違ったことをしている気分になるのだった。

信号待ちのときにダニがカカオトークを確認すると、涙のスタンプとともにカン・ギョウォンからのメッセージが届いていた。ヒョネさんがあんまり役に立たないの。自分のところのダリムちゃん一人で手いっぱいらしくて、まだシユルちゃんのほうが、お姉ちゃんらしく下の子たちの面倒を見てくれている感じです。できればあまり品物選びに時間をかけないで早めに戻ってきて、というSOSだった。ダニの横顔に苦い笑いがかすめるのを見て、ウノが尋ねた。

「なんか、よくない知らせですか？」

信号が青にかわり、ゆっくりとブレーキから足を離しながら、ダニは肩をすくめた。

「いえ、ちょっとね。幼稚園に勤めてたときもたまにあったんですよ。保護者って全員が全員、協力的なわけじゃないですから」

「ああ、はあ……」

チョン・ウノは保育士と保護者、もっと具体的に言えば女性保育士と母親という、どうしても女性同士の間で起きがちなトラブルというものがピンとこず、娘のシユルが生まれてなければおそらくは気にも留めない部分だっただけに、ほんの少し首を動かして最低限の共感を示すしかなかった。

「ちょっと早めに戻ってきてって言ってるんです、ギョウォンさんが。ヒョネさんが子供たちをちゃんとコントロールできてなくて、いっぱいいっぱいなんですって。いやねえ、もうすぐスーパーなのに」

「なるほど」

「ウノさんの感想って、それだけ？」

「はい？」

ダニは、年下の夫、ジェガンにいちいちチェックを入れるときと同じ口調になっていた。

「大人のヒョネさんより、シュルちゃんの方がよっぽど使い物になるそうですよ」

「そうですか」

「わたしたちが戻るまで、ウノさんの娘がかわりにこき使われることになるって言わないと、わかりません？」

しだいに表現を強めていく漸層法に似たやり方で、一つひとつ説明しながら相手を追いつめる。たとえばそれはこんな流れだ。――先週出産したあなたの妹さんのところに子供二人連れて、一人はおんぶして一人は歩かせて、ぞろぞろ出かけていって、やっと産後調理院の前まで来たと思ったら子供は立入禁止だって門前払いされて、お祝い入れた封筒だけ置いて戻ってきたのよ。わたし、事前にちゃんとネットで検索してあなたに言ったわよね？　子供二人は連れていけないって。おまけに最近は、夫以外みんな立入禁止なんだって。なのにあなたは、自分は飲み会で忙しいから、君がオヤジとオフクロも連れてってやってよって、そう言ったのよね？　わたしの話は鼻にもひっかけないで、まさか親戚にまでそんなことしないよとか言って。こうやってわたしに無駄骨折らせないと、言われてることがわからないの？　わたしの言うこと聞いてれば間違いないんだって言ったじゃない。じゃあ聞きますけど、三カ月前に出産したうちの妹に、あなたはいま、何をするべきだと思ってる？　あのときはプロジェクトだかなんだかで忙しいって言って、妹にも、妹のダンナにも電話一本入れないでうやむやにしてたでしょ。今からでも、しなきゃならないことってあるんじゃないの？　言ってみなさいよ？　ジェガンはダニの口調におじけづいて、その週末、時間を捻出し、追われるようにひとり、ダニの妹の家に出かけていった。

「ああ……、言われてる意味がわかりましたよ。シユルはほら、もともと素直な方だし、親戚の子のこともけっこう面倒みてますから、特に問題ないと思いますよ」

「だったらかまわないんですか？」

「うーんと、これって連想ゲームみたいなものですか。なんかあるならストレートに言ってくださいよ」

チョン・ウノは、ダニが突然何かに不満を抱いたことに気づかないほど鈍いわけではなかったが、根本的な理由までは理解できなかった。出発のときも自然な雰囲気だったし、あるとすればさっき一度、カカオトークをチェックしたぐらいだ。大変だからできるだけ早く帰ってきて、というカン・ギョウォンの頼みがそれほど問題のある発言とも思えなかった。

「いいえ、いいんです」

スーパーに着くまでの短い時間でチョン・ウノに事の本質を理解させることは、生まれてはじめて聞くラテン語の聖歌の歌詞を解読せよと迫るのに等しいと、ダニにはわかっていた。それができたら長年、ジェガンとぶつかることもなかったろう。

「正直、ヨジンもときどきそうなんですけど、女の人にそういう態度されると、こっちはちょっと困っちゃうんですよね。いちいち言葉で言われないとわかんないの、一つひとつ自分の頭で考えられないのって言われますけど、そりゃ当然言葉で言ってもらわなきゃ。そのために言葉ってあるんですよ。男は思考パターンそのものが女とは違いますからね。長年研究されてきた進化心理学をナメちゃいけないんです。こういうこと言うと、必ずヨジンにはこう言い返されますけどね。ただ自分の頭を使いたくなくてパターンだの進化だの言い訳してるんじゃないの、頭で比べて、検討して、納得してっていう頭脳労働は全部私に押しつけて、自分は誰かが脇で選んでくれたり、言われたことだけしてるつもり、って」

いつだったか、ジェガンも海外ドキュメンタリーの実験シーンを根拠にダニに弁明したことがあった。男性と女性、それぞれの頭に電極だかチップだかをじゃらじゃらつけてテレビ番組を見せると、男性は番組の内容に集中して誰かに脇で呼ばれても気がつかないが、一方女性は子供の声にはじまって電話のベルや玄関チャイムのような音、ガスの元栓の開閉、水蒸気を上げるアイロンや何かにすっかり気が散ってしまい、一見マルチタスクのように見えても実のところはどれにもきちんと集中できず、消化もできていないという内容だった。もう十年以上前に見たものだが、たしか大きな流れは、男女の集中力や脳の構造が根本的に違うことを正当化する結論に落ちついていた気がする。

「それは、ヨジンさんの言うほうが正しいと思いますけど」

「じゃあ言わせてもらいましょう。男を人間だと思うな。いちいち言われないとできない動物だと思え。一個一個指で指示しろ、命令されたことは本当に上手にやれるんだぞ。正確なインプットがあって、正しいアウトプットがあるんだ。男が子供か、じゃなきゃ犬レベルだってことは僕も認めますよ」

罪もない子供や犬が、なんでこんな言い訳に使われるのか、よくわからないけど。

「他の男の人も自分のしてることをそう思ってるかどうかは別として、子供か、じゃなきゃ犬だってことが、ご自慢みたいね」

「自慢っていうんじゃありません。そうだなあ、何って言ったらいいだろう、枠はとっくに決まってるんだから、そういう生活は仕方ないっていうのかな。人間の生活って、必ずしも理屈通り、モラル通りに進んだり、維持されたりしてますかね？　柔軟な拡大思考ができるほうが一歩譲ったり先に立って、あんたそれやって、私はこれやるからってスパッと言ってくれるからこそ、生活が効率的に回ると思うんですよ。あたしだってこの程度考えたんだから、あんたも同じくらい悩んでよって計量化して分ける問題じゃないんです」

ダニは声を一オクターブ上げ、自分の心にまとわりついた何かを振り落とすように言った。

「ま、そういうことにしておいたほうが便宜上いいんでしょうね。忘れてください。少しイライラしてただけですから。運転に集中しますね」

望みどおり指で正確にさしてやったなら、相手はその指の先にあるものを見るのだろうか。それとも、こちらの指先を見つめるのだろうか。ダニは心のなかで舌打ちしたが、チョン・ウノの言いぐさは、力を入れると入れたぶん盛り上がる手足の筋肉ぐらい現実的なものだった。具体的な質感はもちろん、使い勝手もいい。もっといい手が見つからないときにきまってそちらのほうを選択せざるをえなくなる、その場しのぎの言葉だ。現にこうして出かけるときだって、誰かが先に提案したり調整したりするまでもなく自然に役割分担ができていた。重い荷物を持つ仕事は、チョン・ウノ。力仕事のできる人間を子供のもとに残して女だけで外出するより、もちろん効率的なのだ。それに、男一人に大勢の子の面倒を見させたらどんな不始末をしでかすか、ほとんどのメンバーが本能に近い常識として知っていたはずだった。

ジェガンだって、今でこそああして共同生活にコミットし、昔からそうだったみたいに協力的にしているが、以前はジェガンに二人の子供を見ていてと言うと、文字通りただ両目で眺めていたものだ。ダニが姑の誕生会の準備で義妹と買い出しに出たある週末のこと、ジェガンに男の子二人を見ていてくれと頼んだ。買い物を終え、中途半端な時間だったから義妹とフードコートで夕食を済ませて帰ると、ジェガンは腕組みしたままソファーにもたれかかって居眠りをしており——大の字になって高いびきをかいていなかったことが、せめてもの彼のモラルであり良心のようだった――床じゅう転げ回って相撲ごっこの最中だった兄弟のそばには、こぼれた水、乾きかけでベタついたジュースのシミ、倒れたプラスチックカップ、ひっくり返ったジャージャー麺の皿、袋からこぼれ出たスナック菓子が散らばり、その間からは、破れたり皺になったスケッチブックや折れたクレパスが顔をのぞかせていた。テレビ台の脇のカゴに畳んで入れておいた洗濯物は半分以上が床に散乱してジャージャー麺ソースのついたタマネギや菓子のカスにまみれ、リノリウムの床には子供が踏んだクレパスの芯があちこちにこびりついていた。

百歩譲って、男の子二人だから家の惨状は当然の結果だ、どんなに片づけてもリビングが収拾のつかない状態になるのは今に始まったことじゃないと思おうとしても、問題は、どちらも風邪を引いて三日目の息子二人の薬が、昼と夕方二回分とも薬局の薬袋に入ったままになっていたことだった。その日、ジャージャー麺で汚れたものから順に洗濯し直しながら、「子供を見てて」と言うのがどういう意味かわからないのかとジェガンに問うと、彼は今のチョン・ウノと同じ反応を見せた。何時に、何を、何ミリリットルぐらい、どの容器に入れて飲ませるか、いちいち書いて冷蔵庫にマグネットで貼っておいてくれなくちゃさあ、でなきゃこっちはどうやって薬飲ませるのよ？　上の子と下の子で種類も量も違うんだし、適当にパパッと飲ませたら大変なことになるし。丁寧に教えてくれなくちゃわかんないよ。そう言うと、むしろカンカンに怒っているダニのことを変わり者呼ばわりし、風邪なんて薬を飲んでも一週間、飲まなくても七日で治るとかなんとか俗説を持ち出したあげく、最後の一言でカウンターパンチを浴びせてきた。結婚するとき、うちの親が言ってたこと覚えてるだろ。どうぞ息子をビシビシ教育してくださいって。笑ってたけど、あれは本音なんだからさあ。

それこそ、これまでずいぶん「ビシビシ教育」してやったわ。まだ十分とはいえないけど、ここ一、二年でシン・ジェガンもずいぶんマトモになったものね。ダニは、スーパーの地下駐車場に一発で車庫入れを決めると、自分が何に意気込んでいるか確信の持てないまま、ぎゅっと奥歯を噛みしめた。

コンコン。車窓を叩く音に、ヨジンは反射的にぎくっとした。ドアを開けてやると、大きな紙袋を抱えたシン・ジェガンが、中身が飛び出さないようにしながら慎重に助手席へ腰を下ろした。

「早く終わらせようと思ったんですけど、結局お待たせしちゃってすいません」

「平気です。駐車場も空いてましたし、本を読んでたのであっという間でした」

一度が二度になり、二度が習慣になる。この程度のことにヨジンはすっかり慣れっこだった。車が修理中で一緒に通勤するあいだ、シン・ジェガンはできるだけ残業をせず、むしろ八時に店が閉まるヨジンのもとへ自分から来ていたのだが、ある程度パターンができてみると、あのとき彼が残業を避けるため、昼間のうちにどんなペースで、どんなスピードで仕事を片づけていたか想像がつくようになり、気がつけば自然とヨジンのほうが先に来て待つかたちになっていた。オフィスの入っている高層ビルの地下駐車場に車を入れると、シン・ジェガンが余った来客用駐車券を持ってくる。地下駐車場とはいえそれほど照明は暗くなく、エンジンを切ってドアのロックもしていたが、それでも大半の人間が退勤した後の駐車場に一人で待っているのは少々心細かった。車だけ置いて近くのカフェで待機する方法もあったが、待ち時間に比べ飲み物代のほうが高くつく。

前回は二、三十分待たされたが、今日は一時間ちょっとだった。だが普通の会社員の残業時間を考えれば、極力早く終わらせたほうだろう。夕食を食べに外へ出ずデスクで簡単に済ませるとか、先に仕事をやっつけて帰り道で食べることにすればこのくらいになるはずだ。だから、シン・ジェガンの抱えている紙袋の中身がオフィスでの間食であることは、ヨジンにもわかっていた。

「みなさんとお夕食を食べてきて、もっと遅くまでお仕事されてもよかったのに。どうせいま帰ったって、私たち二人とも、子供の顔をチラッと見て寝るだけなんですから」

「そういうヨジンさんだって食事、まだでしょ？」

シン・ジェガンの言うとおり、そういうヨジンこそ、薬局が中途半端な時間に閉店するせいで、毎日客の空いた時間をみはからって薬剤師の女性と早めの夕食や遅い間食をとり空腹を紛らしていたから、大方のサラリーマン同様、不規則な食習慣による胃痛や胃もたれに悩まされていた。薬局にはたくさん薬があったし、なかには胃の症状の改善に一役買うものもあるのだろうが、ヨジンは陳列棚に並ぶパッケージを一瞥するだけでうんざりだった。

そのとき、シン・ジェガンが抱えていた紙袋の口をパッと開けて言った。

「だと思って持ってきました。オフィスの子たちが買ってきたものなんですけどね、いっさい手はつけてませんから。お口に合うかどうかわかりませんが、もしお腹がすいてたら、ぜひ食べてください」

シン・ジェガンが差し出した商品の包み紙には、全粒粉にライ麦にグルテンフリー、バターフリー、シュガーフリー、ミルクフリーといった言葉が並んでいた。あれやこれやすべてから自由《フリー》になってどうするつもりなのだろう。ヨジンは、一般的な形式や基準みたいなものからはみだしたパンがどんな味なのか気になった。とりあえず体にはよさそうだが、少なくとも自分は、すぐにはその味を好きになれないだろうという予感がした。

「ありがとうございます」

それでも、わざわざ持ってきてくれた誠意を思い、それよりなによりおなかがぺこぺこのタイミングだったのは事実なので、一番小さなパンを一つ受け取ってエンジンをかけると、シン・ジェガンが制止するようにさっとハンドルに手を置いた。

「食べてから出発しましょう。両手で運転するんだし。それとも、よければボクが運転しましょうか」

「あっ、いえ。大丈夫です」

別に高級セダンでも新車でもないが、一応はウノと共有の車のハンドルを他人に預けることに、ヨジンはなんとなく抵抗があった。口を大きく開けてパンにかじりつき、両方の頬をぱんぱんに膨らませて口を動かしていると、シン・ジェガンは何が面白いのか、一つひとつの仕草に笑顔になる。

「ゆっくり食べてくださいよ」

そう言って、彼の二本の指が軽くつねるように、見方によってはついているパン屑を払うそぶりで頬をかすめた瞬間、ヨジンの体は硬直した。残ったパンをどこかに置いたほうがいいのか、今の感触に驚愕したというふうに、そのままぽろりと落としたほうがいいのかわからないが、もちろんパンに罪はない。

「ジェガンさんは、食べないんですか？」

それは彼にもパンを勧めようとしたのではなく、たったいまの感触をそもそも起きてさえいない事故にしようと話題を変える、純粋に形式的な質問だった。

「ボクは仕事してるあいだに上で食べましたから。ヨジンさんが全部どうぞ。よく食べてくれるからかわいいなあ」

喉に干しぶどうが引っかかったような感じがした。ライ麦か全粒粉か、パンのかけらのパサパサした質感が、上顎から喉へとつたっていく。だが、動揺していると思われたくなくて、ヨジンはひたすら正面を向き、残りのパンを口の中に押しこんだ。そして両頬を膨らませたままもごもごと言った。

「シートベルトしてください。出発しますから」

別に意味はないのだ。私は、他人のなにげない手振りの一つひとつに意図を探ろうとするほど、ナーバスな人間じゃない。ヨジンは自分で自分に呪文をかけるようにそう心の中で繰り返すと、横顔に注がれたままのシン・ジェガンのにやついた視線にもさしたる意味はないはずだと無視を決めこんでアクセルを踏んだ。二〇代の世間知らずな大学生ならいざしらず、不意に触れた手つきや注がれた眼差しを深読みして心をざわつかせるには、酸いも甘いも知りつくした年齢だった。若い頃からコネのあるバイトは何でもしてきたが、そのなかにこの程度のスキンシップのない現場はなかったし、寒さや風雨のなか長時間待たされることだってある映画のエキストラのロケ現場でもあたりまえのことだった（その過程でウノと出会ったのはまた別の問題だ)。結婚後もそうだ。ヨジンは、大学病院の産婦人科のベッドの上で、どこに所属する誰かといちいち聞きづらい白衣姿の男女が入れかわり立ちかわりやってきては、診察または分娩実習の目的で自分の下半身に指を挿し入れ、去っていくという時間――赤ちゃんがどれだけ下がってきたか確認しますね、ちょっと我慢してください、と先に声をかけて指を入れるレジデントも何人かはいた――を果敢に耐え、やがて無感覚になった三五歳の女だった。

生まれたてのシユルを胸に抱いたとき、ヨジンは、先に出産した友人たちが決まって口にする言葉の意味がわかった気がした。子供を産んではじめて本当の大人なのよ。それまではいくら結婚して夫婦でちゃんとやっているつもりだって、しょせんおままごとなんだから。はじめヨジンは、彼女たちがそういう言葉で自分自身を励ましているのだろうと思っていた。出産とともに人生のコースは狂い、個性や欲望を生活の片隅に追いやることにも慣れてしまうが、少なくとも、尊い命をこの世に送り出した生産的な人間だという達成感を感じるべき。そう歯を食いしばって自らを慰めるジェスチャーなのだろうと。ところが、実際は自己弁護の言葉に近かったのだ。大人になるというのは羞恥心のない人間、でなければ羞恥心に適当に蓋をしたり、ナイロン糸で縫合しておける人間になることを意味していた。産婦人科の診察台に上がる女はみな、自分の体がどんな刺激にも侮辱にも反応しない、動揺ややるせなさといったものの除去された無生物のオブジェだと徹頭徹尾思い込まないかぎり、あの時間をやりすごすことはできない。ああいう過程を正常なこと、ないしは普遍的なことと受け入れ、くぐり抜けているうちに、並大抵の身体的接触では目を剝いたりしなくなるのだ。いちいちそんなことをしていたら自分のほうが面倒くさい性格と嘲笑され、余計惨めな思いをさせられるのであり、だったらいっそ自分をオブジェだと思ってしまえば、疲労の限界値はずいぶんと高くなる。そう何度となく確認してしまった者の諦め、諦めの果てに待つささやかな安息のようなものが無感覚になるということだった。世間から頑固で強情で破廉恥で恥知らずの星の下に生まれたと思われている、あるいはそういうものの見本であるかのように言われているオバちゃんの生態――割り込みやお尻でのスペース確保は基本、公共交通機関ではカバンを放り投げてでも席をとり、スーパーなら大声を張り上げて我先にと最前列に並んで景品をゲットする――は、もしかしたらそんな視線や無感覚な触覚が何重にも折り重なって形成されてきたのかもしれない。シユルを抱いて乳を含ませた瞬間、そんな思いが肌を刺すように体中を駆けぬけた。

だからヨジンは、それが故意であれ事故であれ、明らかに自分の顔に触れたシン・ジェガンの指にどうこう言うつもりはなかった。どんな男の指がどこに触れても、それはちらっと止まって前足を擦り、また飛んでいく蠅と変わらないのだし、いいタイミングで蠅叩きを振り下ろせなかったのは自分のほうなのだからと、一生懸命言い聞かせながら。

靴下も脱がずにクタクタになった体を横たえ、さっき寝入ったばかりだというシュルの顔をのぞこむと、ベッドサイドの灯りに照らされた瞼のすぐ下に、親指の爪ぐらいの大きさのひっかき傷ができていた。何日か前にお風呂のあと爪切らなかったっけ。ヨジンの視線がどこに注がれているかに気づいて、ウノが言った。

「ウビンがミニカーで遊んでて、やっちゃったらしいんだよね」

ブーン、ウィーンと言いながらミニカーを振りまわして遊んでいて、サイドミラーでシュルの顔を引っ掻いたのだった。

「ふうん、それじゃまさしく交通事故だわね」

子供だけで遊んでいて偶発的に起きた出来事に、男性のウノがうまく口を入れることはむずかしかったろうと、ヨジンは苦い気持ちを冗談でごまかした。

「オレがなんか言う前にギョウォンさんが二人を呼んで座らせて、お姉ちゃんに謝りなさい、二度とこういうことはしませんって約束しなさい、ってちゃんと謝らせてたから、許してやろうぜ。女の子だし、顔に痕でも残ったらって気にはなるけどさ」

「やあね、許さなくてどうするのよ。子供の皮膚って、傷になりやすいかわりに治りも早いわよ」

ウノに言われなくても、ヨジンは大きく構えているつもりだった。どこからが大人の出る幕か境界線が曖昧なとき、それなりに合理的な判断基準になるのは肉眼でわかる傷の大きさ、深さだ。シユルの傷がおもちゃの角や爪でできたものでなく刃物で切りつけられた痕だったら、たとえ母親がケガをさせた我が子の胸ぐらをつかんで「お姉ちゃんに謝りなさい！」と機先を制しても、ヨジンはそれを受け入れず、親の管理責任を問うというレベルでの徹底した謝罪と賠償を求めただろう。もちろん、子供同士の事故の多くが、脇にぴったりくっついていても防ぎようのない、不可抗力に近いものだとわかってもいた。

皮膚の傷程度で終わらず、どこかを骨折したとかなら、いうまでもなく法に則って処理するが、もしそれが目に見えない傷や客観的な基準さえない心の傷なら、どうしたらよいのだろう。ヨジンはふとわからなくなった。依然として喉に干しぶどうやライ麦のかけらが引っかかったような異物感があるから、どうやら風邪の引きはじめらしい。明日の朝起きたらシユルに、昨日ケガしたとき、どんな気持ちだったかと聞いたほうがいいだろうか。すっかり忘れていたことを思い出させることになって、かえって逆効果か……悩んでいるうちに、しょぼついた瞼から力が抜けていった。

——ちゃんと確認しておきたいことは、子供の成長と情緒の発達に重点を置くんだから、育児は共同責任、みんなで一緒にやるって部分です。ただ子供を一カ所に集めて、あとは各自好きなことをしていればいいってわけじゃなく。なので、子供を預けてラクしようっていうつもりでは困るんですよ。多少大変でも、みんなで苦労をわかちあうんだっていうレベルで考えてもらわないと。その点はみなさん、同意されてますよね?

会議のとき、ホン・ダニはそう強調した。配偶者が仕事で不在のあいだ、一人こもって子供と向き合っていれば、どうしたっていろいろなことを考えたり、ワンオペ育児と落ち込んだり、下手をすれば子供を虐待しかねないなどいいことはなにもない。長い目でみて子供と親、双方の心の健康のため、隣人同士の風通しのいい関係で、交流を深めながら育児に挑戦してみようという話だった。必ずしもめざましい効果が得られなくても、子供というのは何人かが一緒にいるだけで相互作用が生まれるものだ、一人二人でスマホをいじりながらぼーっと動画やゲーム画面を眺めるのに比べれば、少なくとも悪い影響はないはずだからという、誰が聞いてももっともな意見だった。まだ手指の動きが発達していない乳児はいろいろな活動を一緒にやるのはむずかしいだろうが、それでも二人以上で輪になって座り、持ってきたおもちゃで遊んでいるだけで有意義なはずだった。

　無垢材やふわふわの布でできたおもちゃをはじめ、年齢に応じた教材やブロックがそれぞれの家から集められた。ひとまとめにして天然の消毒剤を振りかけ、丸一日天日干しにした。購入した食材は品目ごとに分け、メニューに応じてそれぞれが割り当て分の惣菜やスープを一、二種類ずつ自宅で大量に作って持ち寄ることにし、それとは別にホン・ダニが、やはり徴収した運営費で購入した無農薬米を炊いた。

　みんなで決めた合意事項だから、ヨジンは惣菜担当の日は普段より一時間ほど早く起きて卵焼きや煮卵を作り、ジャコや海苔を醤油で炒めた。それでも、早くに出勤する人だからと最低限のビジュアルでも許される作り置きおかずの担当だったが、料理上手のギョウォンのように、ほとんど毎回違う種類のスープを鍋一つ分作ったり、ムサムマリ［薄切りにした大根の甘酢漬けで色とりどりの野菜を巻く華やかな料理］やメッチョク［タレに漬けこんだ肉を網焼きする宮廷料理］といった本格的な料理を披露する神業をみせる者もいた。この状況であればヨジンではなくウノがやるのが合理的なはずなのだが、多くの男性同様、ウノは、結婚前はもちろんシユルが生まれても、ヨジンが薬局に勤め出す前までは一度も台所に立ったことがなかった。

全面的にウノのせい、ウノの両親が甘かったせいとも言いきれないのは、彼が仲間とともに部屋を転々としながら芸術に全身全霊を傾けた昼夜逆転の不規則な生活を送っていたためで、金と時間の絶対貧困にあえぐ住宅難民にとっての主食といえばお湯を入れれば食べられるカップラーメン、たまに豪勢にやりたいときは袋入りのインスタントラーメンと相場が決まっていた。料理というのは職業上の理由でもないかぎり、ほとんど心理的、相対的な余裕のあらわれだと考えていたヨジンは、現実のウノとつきあいながら、学生時代に借りて読んだ日本の小説にたまに出てくる独身男性たちのことを思い出していた。どこまで現実と密接にリンクしているかはわからないが、小説には自分でパスタを作って盛りつけ、何年産だかのチリワインをデキャンタに移しかえて飲む男性の姿が描かれていた。わざわざそんな優雅で孤独なディナーを引き合いに出さなくても、幼い頃から祖父にお金を渡されてほとんどの家事を切り盛りしてきたヨジンにはわかっていた。何かを洗い、ちぎり、切り、お湯を沸かし、という行為そのものが、いかに時間や費用……それよりなにより健全でゆとりのある肉体と精神を必要とするのかを。

シユルが生まれてから、家族が少ないのに食材を余らせてダメにしてはもったいないという理由だけでなく、稼ぎもないのに映画がらみで長期間家を空けがちなウノの食事をほとんど作らなくなったせいで、豆モヤシのナムル一つかみ分も出来合いのものを買うのが当たり前の生活パターンになっていた。はじめての子だからと離乳食作りに燃えて牛骨を煮込んだり人参を擦りおろしたりすることもなく、市販のガーバーのピューレ、ないしは宅配の調理済み離乳食でシユルを育てた。ウノがさまざまなネタやシノプシス、プロット、シナリオの初稿まで、いわゆる「パクリ」に遭って、度重なる挫折と落胆の末に家にひきこもるようになり、ヨジンが薬局に勤めに出てからはますますそうだった。

だからヨジンも数年ぶりに調理道具を引っぱりだし、てんやわんやの大騒ぎだった。初回のおかずは子供たちが食べるのだと思うと緊張し、味付けに失敗したり焦がしたり試行錯誤の連続だった。久しぶりに料理する自分でさえこんな状態なのだから、ウノに任せていたら被害を受ける家庭は何軒にも上ったはずだ。いずれにしろ、シユルが赤ん坊の頃にも見せたことのない誠意を、子供が数人集まるという理由でいまごろ発揮することになるのも皮肉な話だった。

予定になかったミッションに引きずり込まれたという気分にはじまり、肉体的な疲労もあったが、きょうお歌とリズミックがおもしろかった、ごはんもおいしかったし、パパがいろんなおちばい（童話の読み聞かせの「お芝居」と言いたかったらしい）してくれたし、絵本も読んでくれたから、ジョンモクが騒いでジョンヒョプがお部屋のなかを走ってたほかは全部楽しかった、というシユルの話を聞くと、それらはフライパンに垂らしたシロップのようにどこかへ溶けてなくなった。ヨジンが薬局に勤めているかぎりウノが子供たちの相手をするしかなく、いくら人生に映画以外これといった得意分野がないからといって、フィルムがどうの、シーン演出がどうのと教えるわけにもいかないから、絵本の読み聞かせや、そんなにリズム感を必要としない基本的な身体活動、野外活動を一手に引き受けることになる可能性が高い。そう考えると週に一度大量のおかずを作るぐらいお安いご用にも思えた。他人から砂糖や醤油の量をどれくらいにするかで足元をすくわれたり、サラダ油は有機のものか、塩は国産かと細かく口出しされたりしなければ。

せいぜい二回ほどおかずを運んだその二日後、ホン・ダニから生協か何かで買ったという醤油や調味料の入った箱を渡されて、ヨジンは唖然とした。子供たちの食べる物だからって安売りスーパーで売ってるようなものじゃない、いいジャコをしっかり選んで買ってきたの、それを普通の油で炒めちゃダメよ、みんなのためなんだから面倒に思わないでね、というホン・ダニの言葉に笑顔で応じ、受け取ったものをテーブルに下ろして、ヨジンはふと靴箱の脇にかかっている鏡をのぞき込んだ。私の笑顔、強張ってなくて自然だったかな。なんとなく不愉快って感じじゃなくて、細かいところまで気をつかってくれるホン・ダニに心から感謝してるってふうだったよね。

午前の散歩は子供六人と大人三人だった。セアを乗せたベビーカーをヒョネが、ダリムのベビーカーをウノが押し、ホン・ダニは残りの子供四人が手をつないで歩く傍らに寄り添った。ウビンくん、しょっちゅう横にはみ出さないで真ん中を歩くのよ。ジョンヒョプはシユルお姉ちゃんと手をつないで。みんなが小川の流れる渓谷まで行ってくるあいだに、ギョウォンが昼食の準備をしておく段取りだった。

ヒョネはずっと無表情のまま、二歩ほど前を行くダリムがベビーカーからしきりに顔をのぞかせて「ママ、ママ」と呼んでも心ここにあらずで、返事をするようなしないような曖昧な笑顔を浮かべているだけだった。頭の中では、締め切りに間に合わせられずに半分で止まったまま乾いていく水彩画がぐるぐる回っていた。毎日の生活との線引きができず、能力や意欲が、何日か前に炊いてそのままのご飯のように黄色く、堅くなっていくのをなすすべもなく見つめるだけの状態。その間ヒョネはどんな線も引けず、どんな色も塗れなかった。

すべてはヒョネが寝ているあいだに、あるいはダリムの看病に追われているあいだに、サンナクが決めてきたことだった。あとになって正気を取り戻し、何がどうなったか知ったとき、ヒョネは最大限声を殺してサンナクと言い争った。

――なにそれ？　なんであんたが勝手にそんなこと了承したり、チェック入れて戻したりするわけ？　家にいるのはあたしなのよ。あんたは店に出て知らん顔してればそれで終わりじゃない。全部一人でひっかぶるのはこっちなの。あたしがそんなに暇そうに見える？

サンナクは肩をすくめ、自分だって乗り気ではないと言いたげに顔をしかめた。

――俺だって、ただいいと思って同意してきたわけじゃないって。だけどたった四世帯しかいなくて、他の家はほぼ賛成なのに、うちだけ結構ですって抜けるわけにはいかないだろ。お互い空気を読んで暮らさなきゃ。それに考えてみろって。一日中ダリムに食べさせて、片づけて、風呂入れて、なかなかイラストを描く時間がないって、いや、全然描けてないって、オマエしょっちゅう言ってるだろ。どうせ描けないんだったら、昼間子供抱えてウンウン唸ってるより、いっそ他の子と一緒に思いきり遊ばせたほうが夕方早く寝てくれるさ。絵を描く時間は夜にもっと作ったほうがいいよ。

脳天気なサンナクの言葉に、ヒョネは首筋が凝ってくるのを感じた。

――口で言うほど簡単なことだと思う？　その流れだと、昼間自分の子を一人抱えてウンウン言ってればよかったのが、何人かで何人かの子供を見て、余計疲れきっちゃいそうなんだけど？　なんかさ、あたしのこと……。

鋼だとでも思ってんの？　言いかけた言葉は声帯の端に引っかかってぐらつき、やがてぐずぐずになった。そう口にしてしまえば、おそらくサンナクは、あれもダメこれもダメならいっそ絵をやめるのが一番だと、本質と関係のない結論を引っぱり出してくるはずだ。それにヒョネは、自分が八つ当たりしていることもある程度はわかっていた。たとえ自分がその場にいたとしても、最終的な意見のとりまとめのときに、うちはやりませんので、と間髪入れず声を上げることはむずかしかったろう。我が道を行くことには一家言あるし、後で何を言われても一向に平気ではあったが、ダリムにだけは迷惑をかけられない。ほんと、共同生活がこういうことに神経をすり減らすものだとは思ってもみなかった。一緒に子育てしましょうだの、友情を深めましょうだの、顔の見える関係で暮らしましょうだの。無害な笑顔と会話で、ブロックでも組み立てるみたいに親しくしようとは。

最初のうちはダリムも環境の変化にワクワクしている様子で出かけ、一人でおもちゃをいじっていたときよりは明らかに顔色がよかった。親だったらそれだけでもありがたいと思うべきだと、頭ではよくわかっていた。これまでの我慢だらけの日々を考えたら、どうせしばらく納得のいくイラストは描けそうにないのだし、だったらせめてダリムだけでも機嫌よく健やかに成長できればいい。そのために自分が、躍動的な群衆を描いた絵のはじっこの、誰にも目を留めてもらえないありふれた何かになってしまったとしても、それはそれで仕方のないことだ。

そんな発想の転換やかすかなやりがいが続いたのは十日ぐらいのものだった。それからは、言うことを聞かないのがあたりまえの子供たちを相手にクレパス画だ、ソルトペインティングだ、粘土だ、ペーパーブロックだと毎日何かしらをバタバタ作り、だがそのうちのどれとして自分の作品とは思えずにいた。おまけに、まだ小さいダリムはそうした活動を一緒にはできなかった。小さい子たちは隅のほうでカン・ギョウォンやチョン・ウノと遊んだり、音楽を聴いたり、おむつ替えやミルクの世話をしてもらっていた。当初聞いていた、乳児と幼児が一つの家で交流するという話は単に空間的、生物学的に一緒にいるというだけのことで、三週目ともなるとヒョネは自分が何か損をしているような気がして仕方なかった。きつくても一人でダリムの世話をしていたほうが正解だったのではないか。ときどきラジオでクラシックなんかを聴かせて、でも大体はダリムがおもちゃを振り回しながら叫んでいて、ダリムが疲れて昼寝したタイミングでバタバタと絵に色を塗り、途切れ途切れの線を引き、人物の瞳を最後まで描きあげられず。だとしても、そういう日々を過ごしていたほうがマシだったのではないか。

とりあえず今は第一線の保育園同様、子供たち全員を同じ時間に昼寝させているが、そんなときでさえ「ちょっと家で絵を描いてきますんで」と腰を上げづらい雰囲気だとわかって、ヒョネの後悔はますます募った。一緒に寝かせていても子供によって布団の端をいじっているうちに寝入るタイミングは違い、なかでも五歳のシユルはすでに午睡が必要な年齢を越えていたから、どうして自分が一緒に横になっていなければならないのかわからなくて目を大きく見開き、敷き布団の上で寝返りばかり打っていた。ようやくみんな寝たかと思うと、今度はホン・ダニが活動日誌みたいなものを書けと言ってきたり、「さて、じゃあ私たちも少し休みましょうか。お茶を淹れてきますね、何飲みます？」と台所に向かったりする。悪気があるのではなく、ごく自然で日常的なふるまいであるという点で、ますますヒョネとは波長が合わなかった。家によその人が来ている、子供たちも寝ている、となったとき、もっと距離を縮めたい相手だろうがそうでなかろうが、親しい相手だろうがそうでなかろうが、とりあえず輪になってお茶を飲んでおしゃべりする時間ね、と結論づける思考回路がホン・ダニの体や生活全般に染みついているのだ。そんなとき、カン・ギョウォンは待ってましたとばかりに伸びをして一番はじめにテーブルの前にイスを運び、腰を下ろす。はじめの数日は仲間に加わっていいものかどうかともじもじ様子を見ていたチョン・ウノは、今では吹っ切れたのか、コーヒー淹れるの手伝いますよとホン・ダニの脇に駆け寄るほどで、その足取りや仕草も板に付いていた。柔らかい曲線を描いて湯気が立ち上るお茶と一緒に出されるのは、口に運ぶ手前に思わずプルーストの最初の一節を思い浮かべてしまいそうな焼き立てのマドレーヌのようなもので、育児の合間の休憩だと言われなければ、さながら近代西洋絵画に描かれた優雅でゆったりした貴族のティータイムだ。絶対的に正しい均衡を備えた、美しい構図。ヒョネが慣れ親しんできた、時代思潮まで歌いあげる絵画の中の光景だった。

だが、長くて四〇分ほど、身を切られるほどに貴重なその時間を費やしてまで顔を突き合わせ、親しく過ごさなければならない間柄なのだろうか。悩んだヒョネは、毎回では角が立つので三回に一回、仕事があるからと笑顔で後ずさりしてその場を立ち去った。ちょっと急ぎで片づけなきゃならない仕事がありまして。子供たちが起きたらカカオください。降りてきますんで。

そんなことが一カ月ほど続くうちに、ヒョネは、仕事と家事と育児を同時多発的にこなすワーキングマザーの絶対多数が経験する電池切れのような生体リズムと同様の状態になり、ひどい疲労感に襲われるようになっていた。いつも緊張状態で、他人の家での共同保育だから母親が足を放りだしたり、ソファーにだらしなく体を預けることもできない。スリークッションを繰り返すビリヤードの球になったような気分と、チェック項目にVの字を書いて署名しながら、事ここに至って何もしていないサンナクへの怒りを今すぐ収拾し、調整しなければ、どうにかなってしまいそうだった。

だったらとりあえず、この状況から抜けだそう。たとえ現実逃避の一種に過ぎないとしても、絵筆を握っているほうが正しかった。

ヒョネはチョン・ウノに近づくと、こっそり囁いた。

「渓谷に着いたら、私とベビーカー、取り替えましょう」

「えっ？　ああ、別にかまいませんけど」

「あのう、実はダリムが昨日から微熱があって、水遊びはちょっと。他の子に風邪うつしそうなんで、何日かは私ひとりでダリムをみるほうがいいと思うんです。先に連れて帰りますから」

「あらら、けっこうひどいんですか？　だったら今替わりましょうよ」

「それほどでもないんですけど、やっぱり心配で。子供っていつもどっか悪くしてますし。ダリムもシユルちゃんぐらい大きくなったら、そうでもなくなるのかな」

話しながらヒョネは、ホン・ダニの冷たい視線が横顔に注がれているのを感じたが、気づかないふりで顔を前に向けた。風向きが変わり、堆肥のような臭いが鼻についた。

周囲に田畑が点在しているからあたりまえではあったが、よく嗅いでみると肥料とは少し違う臭いがした。同じ不快な臭いでも、肥料には焼け残った灰のような一抹の香ばしさがあり、しっかりと熟成され、どこか濃厚で、たわわに実った穀物や黄金色の草原を思わせる有機物の香りがするが、いま漂っているのは、あれこれ飼料を摂取した家畜の単なる糞尿の臭いでしかなかった。何かに活用されることもなく、捨てたり埋めたりしたところで解決にならない排泄物の臭い。正確に言えば、いくら毎日水で洗い流しても完全には落ちず、そのまま空間の主《あるじ》となってしまう畜舎そのもののような臭いだった。

農場の脇に畜舎があっても不思議ではないし、動物が生きているところに常に糞尿があることも今に始まったわけではない。その瞬間、ジョンモクが「あっ、くっさあい!」と叫んで鼻をつまみ、ジョンヒョプとつないでいた手を放した。シユルはお姉さんらしく何も言わずに眉間に皺を寄せていたが、それが重い鼻炎で臭いがわからなかったからだということを、ヒョネは知るはずもなかった。


——お昼、食べました?

どうしてこんなどうでもいいことをカカオトークで聞いてくるのだろう。ヨジンは携帯電話を裏返し、胃腸薬を買いにきた客にクレジットカードを返した。病院は一般企業に比べ昼休みが一時間ほど遅いのが普通であり、薬局ともなればさらに不規則だった。周辺の会社員が昼休みに会社を抜けて受診することが多いから、メディカルビルの中の病院は午後一時、あるいは午後一時半からが昼の休憩時間だ。そんな具体的なことは説明していなかったので、シン・ジェガンが十二時四〇分にそういうメールを送ってくること自体は理解できる。だが、通勤以外のこと、互いが食事をしたかどうかという生活のこまごましたことまで気にしあう関係ではないはずだと、ヨジンは見なかったことにして無視していた。しかしさらに二回携帯電話が振動し、薬剤師の女性がこちらに目配せしてきた。

——近くに外回りできてるんです。

——よかったら、一緒にお昼でも。

誤解されないためにも、こういうものにはすぐに返事をかえさないほうがいい。ヨジンは次の客から処方箋を受け取り、それを処理してから返信した。

——一時三〇分過ぎでないと出られないんです。薬剤師さんと交代でお昼なので、何時ごろになるかはっきりしなくて。すいません。夕方お迎えに行きます。

そして数秒迷って、メッセージのあとにスマイルマークのスタンプをつけた。このくらいでいいだろう。あまり堅苦しく拒絶するのもなんだろうし。数分後、オーケーと書かれた立て看板を持つクマのスタンプが届いて、ヨジンは自分の意図が正しく伝わったことに安堵した。ホン・ダニが食材の買い出しをしたり、子供たちみんなを人形劇やら遊園地やらに連れていくのに車が必要というとき以外、できるだけシン・ジェガンとの相乗りを習慣化するのはやめなくちゃ。彼に何か下心があるようには思えないが、妙な雰囲気になる機会を与える必要もなかった。

シン・ジェガンに特別な意図はないはずだし、あってはならなかった。単なる隣人への自然な態度に、前歯に挟まった唐辛子ほどの意図を疑うこと自体、礼儀に反する。そんなに親しい仲でもないのに、どうして私にこんなメールをくださるんですかと正面切って尋ねるのもまずいだろう。まかりまちがえば自分のほうが、ひとりで勘違いして騒いでいると恥をかかされる恐れもあるのだ。彼の考える隣人との友好的な関係が、必要な時以外邪魔しないのが一番というヨジンの基準と、ほんの少し違っているだけなのだから。

だが、薬剤師の女性がランチの約束で店を出て五分ほどして、チャイムの音にカウンターから身を起こしたヨジンは、開いたドアからシン・ジェガンが入ってくるのを見て言葉を失った。そのこと自体をどうこうは言えないのだが。シン・ジェガンは近くで外回りしているとはっきり書いていたし、通りすがりに薬局に立ち寄るのは彼の自由だし、突然腹痛を起こさないとも限らないからだ。

「どうしたんですか」

「ヨジンさんが意地悪だからしょうがない、ボクが来ましたよ」

意地悪って、いったいどういうつもりかと思ったが、そう聞き返す心の余裕を失っていた。

「私は、薬剤師さんが戻るまで出られないんです」

「なるほど。このへんは企業も多いし、けっこう患者さんも多いんでしょうね。毎日こんなにお昼が遅くて大変だ」

「何年もやってますから。もう慣れっこです。それで、どうして？　お食事はされたんですか？」

「ええ。ボクはクライアントとサクッと済ませました。社に戻る前に、どうせこんなことだろうと思ってヨジンさんに買ってきたんですよ」

そう言うと、シン・ジェガンはまだ温かい紙袋をカウンターに置いた。

「あの、こういうのはちょっと。私も後で交代で出ますし、薬局は建物の中に食べ物の匂いがこもったらダメなんです。ご覧の通り、窓がないので」

実際は夏場ドアを開けっぱなしにし、エアコンと空気清浄機をガンガン回しながら薬剤師と二人で出前をとったりしているのだが、そういう例外まではわざわざ話さない。

「いやあ、時間ができたときに陽当りのいいところにでも行って食べてもらえればいいですよ。このへんは小さな公園がけっこうありますしね。ご迷惑だったら困るので、いらなければ他の人にでも差し上げてください」

いえ、そこまでするほどのことでは。相手の、誰の口に入ったってかまわないかのような何げない口ぶりに、必死に拒絶している自分の防御の姿勢のほうが、むしろ事を大きくしている気がしてきた。それに、彼はここに一緒にいたいと言っているわけではなく、すぐに会社に戻らなければならない人なのだ。

「じゃあ今回だけ。ごちそうさまです。薬剤師さんが戻ったら一緒におやつにしますね」

「分けるほどはありませんよ」

「とにかく、これからはどこに外回りに行っても、こういうものを買ってこないでください」

「いつも車に乗せてもらってますからね。ありがたいし、申し訳ないとも思いまして」

「私も出勤するついでなんですから、申し訳ないだなんて。それにガソリンまで入れてもらって、かえって損させてますよ。プラチナカードだからって、あんまり使わないでくださいね」

「今回のは、ゴールドカードですから」

ヨジンの推測では、ゴールドカードとはつまり、用途や金額をホン・ダニと共有しなくて済む、シン・ジェガン個人のカードという意味だった。

「戻ってください。夕方、薬局閉めたらまたお迎えに行きますので」

ショーウインドー越しに横断歩道を渡るシン・ジェガンの後ろ姿を見届けたあとで——彼は、信号が青にかわるとおもむろに一度薬局を振り返って例の笑顔で手を振ってみせ、気づかないフリをするのもなんなのでヨジンも振り返したが、それが外から見えたかどうかはわからない——ほの温かい紙袋を開けた。袋の外側に高級カフェのロゴがこれみよがしに付いみたていたから、たいやきやスンデ、ティギム［スンデは豚の腸の中にもち米や春雨などを詰めて蒸したソーセージ状のもの。ティギムは野菜などを揚げた天ぷら。どちらも安価で庶民的な間食］みたいなものでないことはわかっていたが、出てきたのは想像以上に立派なパッケージのベーコンオムレツとエビとブロッコリーのサラダ、ポテトのチーズ焼きで、ヨジンは再び当惑した。ザッとたたき出した合計金額は、毎日電卓とにらめっこして生活せざるをえない主婦の立場からするとクラクラする数字だった。丁重に扱われているようで悪い気はしなかったものの、平凡なサラリーマンの懐事情からいって隣人にかけるコストとしてはあまりに高価すぎ、その過剰ぶりをどこからどう指摘すれば改善してもらえるのか、そもそもこの程度の出費をかけ過ぎだと思ってしまう自分の基準のほうがズレていて、これを問題視した場合、相手の誠意を踏みにじったり、ないしは無視したことになるのではないかとヨジンは混乱した。

あれこれ考えながら、同封されたプラスチックのフォークで口に運んだオムレツのかけらは、とろけるように舌先に絡みついた。歯と舌の間で、ふんわりした卵と適度に火の通ったピーマンやタマネギ、人参の切れ端が甘く、柔らかくなっていく。ヨジンの財布では味わったことのない、どんなときよりハイレベルできちんとした食事だった。一体あとでどんな顔をして、彼をピックアップしに行ったらいいのだろう。

ダイニングのイスかなにかが倒れたみたいな音だった。ソファーやベッド、本棚のようなどっしりした物の感じはない。たまたまであれ天変地異によってであれ、そんなものが倒れたら救急車を呼ぶことになるだろう。誰が何を動かしていて倒したんだか。明るいうちにやりなさいよ。

もちろんヒョネは、一カ月近く先に延ばしてもらったイラストの締め切りのために起きていて、最初に思ったのは、ちょっとした音でも起きてしまうダリムが目を覚まさないかということだった。音の伝わってくる方向からいって上の家ではなさそうだし、隣だろうか。とはいえまだ空いている部屋の方が多く、入居者がぽつぽつとしかいない歯抜けの空間では、おまけに周囲にほとんど他の建物がない原っぱの状態では、何かの拍子で出た音が反響して伝わってきてもおかしくはないから、音の出所を探っても意味はない。ダリムさえ起きなければそれでよかった。

次はクマの顔の色を塗ろうと、青白い電灯の下で絵の具を含ませた筆を動かしたところで、ヒョネはギクッとした。二人の人間がからみあい、つかみあって倒れる音。押し殺した悲鳴。電球を取り替えていて事故でも起きたのだろうか。どうポジティブに考えようとしても、一般的なセックス中の声ではなかった。それならそれで、こういう住宅ではちょっと困るんだけど。明日にはお互い顔を合わせるんだし。

それに、今の状態ではとてもとても。ケースバイケースだろうが、出産、子育てで心身ともにボロきれみたいな状態なのに、とてもじゃないけどセックスなんて。夫婦で何かの合意をしたからというよりは、暮らしているうちに自然にそうなっていたというのがヒョネの記憶だった。昼も夜もないから、仕事から帰ったサンナクに求められても応じることはできなかったし、サンナクもそんなヒョネを理解していた。本当に理解していたかどうかはともかく、現実という藪にどれほどチクチクした草が生い茂っているか、自分たちを縛りつける枝がどれほど鋭い棘を持っているかぐらいのことは察していたはずだった。サンナクが寝ているあいだにヒョネはダリムのおむつ換えをし、夜泣きをあやし、母乳を与え、一時間以上連続して眠れない日々が続いていたから、夫婦がベッドを共にするということ自体、遠い昔の遺物のようになってしまっていたのだ。たまたまダリムがぐっすり寝入った晩、このままではいけないと、若干の義務感と使命感から眠い目を擦って挑んだこともあるが、ヒョネはあまりの痛みに耐えられず、すぐに体を離してしまった。定期検診で医者にそのことを相談すると、出産によって膣の内壁が薄くなり、痛みを感じたり、人よりも敏感になることはある、だんだんによくなっていくだろうという返事だった。だがその後も試そうとするたびに恐怖感がよみがえってきてうまくいかず、一方でこんな状態で三人も産めるのかと焦燥感が先に立っていた。

考えてみればここは全室入居しても十二世帯だけだから、体力や恥じらい、ないしは基本的な性向という個人差とは関係なく、夜の営みを持つのも簡単ではなさそうだし、それに……

「ウ……ッキヤアアアア！」

そうだ、徹底的な夫婦喧嘩もきびしそうだなとヒョネが思ったのとほぼ同時に、なんと言っているかはっきりしない悲鳴が聞こえてきた。人が住んでいれば頻繁に喧嘩があるのはあたりまえとはいえ、短期間暮らしただけで互いの家の皿の枚数やスプーンの本数まで覚えてしまいそうな野原の共同住宅に、まさかこんな不便さがおまけでついてくるとは思いもよらなかった。確かに、幸せに暮らしたくて共同住宅に応募したのだから、その家がどの程度喧嘩が可能な構造かとかから検討したりはしないだろうが。ついさっきの悲鳴は、

書肆侃侃房
Shoshikankanbou

本体1,300円＋税
978-4-86385-653-0

短歌ムック
ねむらない樹 vol.12

特集1　第7回笹井宏之賞発表
大賞　ぷくぷく「散歩している」
選考座談会
大森静佳×永井祐×山崎聡子×山田航×森田真生

特集2　アンケート2024年の収穫
枡野浩一　吉川宏志　瀬戸夏子　佐藤弓生
染野太朗　嶋稟太郎　千葉聡　川野里子
藪内亮輔　荻原裕幸　土岐友浩　梅内美華子
藤原龍一郎　石川美南　尾崎まゆみ

巻頭エッセイ　木村哲也

作品
柴田葵　柳本々々　平出奔　石井大成
鈴木晴香　藤本玲未　嶋田さくらこ　上川涼子
田中有芽子

第6回笹井宏之賞受賞者新作
白野　森下裕隆　遠藤健人　岡本恵　守谷直紀
橙田千尋

特別寄稿　奥村鼓太郎

第8回 笹井宏之賞作品募集開始!

募集作品：未発表短歌50首
選考委員：大森静佳、永井祐、山崎聡子、山田航、金川晋吾
応募締切：2025年7月15日
副賞：第一歌集出版
発表誌：短歌ムック「ねむらない樹」vol.13（2025年12月発売予定）

現代歌人シリーズ39 **Another Good Day!**

矢部雅之

本体2,200円＋税　978-4-86385-656-1

晴れの日も雨の日も「今日も良い日だね《Another good day!》」と言ふ人ありてけふは晴れの日

日本もふるさとも遠く　母語の通じぬニューヨークに6年　事件を追ってカメラを回す　日々の移ろいをただ詠いつぐ

土くれを押しのけて地に立つ芽かな傍若無人にみどりかがやく
ちぎれ雲ちぎれつくしてからつぽの空にすつからかんと宵やみ

石川信雄全歌集　鈴木ひとみ編

本体2,800円＋税　978-4-86385-648-6

ポオリイのはじめてのてがみは夏のころ今日はあついわと書き出されあり
（『シネマ』）

モダニズム短歌の頂きをなす伝説の歌集『シネマ』で颯爽とデビューし、エスプリに満ちた瑞々しい歌で時代を駆け抜けた稀代のポエジイ・タンキスト、石川信雄。没後60年の節目についに明らかになる孤独なマイナーポエットの全貌。

伝説の歌集『シネマ』、トラブルのため50部しか刊行されず幻となった『太白光』のほか、今回初めて世に出る『紅貝抄』と歌集未収録歌をおさめる。

すべてのひかりのために　井上法子

本体2,000円＋税　978-4-86385-651-6

水際はもうこわくない　踏み込んで、おいで　すべてのひかりのために
——歌だけがある

発した〈人〉を離れた〈声〉は、あわく、きらめき、たゆたいながら、私でもあなたでもある誰かの心に着床し、ただ〈歌〉として生きつづける。

——小野正嗣（作家）

第一歌集『永遠でないほうの火』から8年
ひかりを纏う生の讃歌　無垢な声で紡ぐ、待望の第二歌集

現代短歌パスポート4　背を向けて歯軋り号

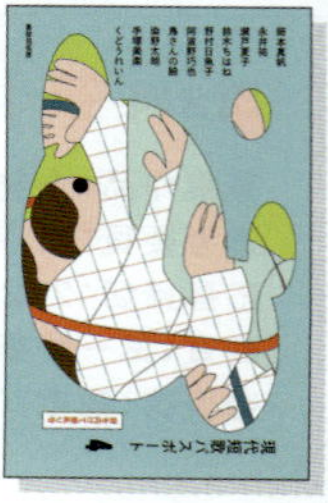

本体1,000円＋税　978-4-86385-645-5

大好評の書き下ろし新作短歌アンソロジー歌集、最新刊！

岡本真帆　永井祐　瀬戸夏子　鈴木ちはね　野村日魚子
阿波野巧也　鳥さんの瞼　染野太朗　手塚美楽　くどうれいん

岡本真帆「夏の骨　風の高台」／永井祐「ピクチャーディス」／瀬戸夏子「わたしに黙って死体を隠して」／鈴木ちはね「AEON FOOD STYLE by daiei」／野村日魚子「医学」／阿波野巧也「祭りのあと」／鳥さんの瞼「変形」／染野太朗「ろくでもない」／手塚美楽「あなたがわたしにできることはなにもない」／くどうれいん「龍」

パトリシア・ハイスミスの華麗なる人生

アンドリュー・ウィルソン　柿沼瑛子訳

本体6,800円＋税　978-4-86385-654-7

残された膨大な日記と手紙、インタビューから　謎のベールに包まれたサスペンスの巨匠の全貌に迫る

生まれながらに背徳と残虐、愛への渇望に苦しむ。「愛される」よりも「愛する」を選んだ孤独の女性作家。生誕100年を迎え、いま明らかにされる苦悩と野心、ゆがんだ愛。母親への愛憎のすべては小説作品の中に埋め込まれた——。

理想の彼女だったなら

メレディス・ルッソ　佐々木楓訳

本体2,100円＋税　978-4-86385-643-1

こんな未来なんて想像もできなかった。そもそも未来なんて思い描けなかった——。

トランス女性の作者による声や経験が主体性を持って読者に届けられる。ストーンウォール図書賞受賞はじめ大きな支持を集めたトランスガールの青春小説。川野芽生さん推薦！

むしろ、ごくありふれた、青春の物語。それが、彼女には、彼女たちには、なかった。これまでは。——川野芽生

KanKanTrip26　Buen Camino！ 聖地サンティアゴ巡礼の旅 ポルトガルの道

YUKA　本体1,900円＋税　978-4-86385-650-9

心の声に進んでいく 星に導かれる巡礼路

観光では訪れることのない小さな村々を抜け、神秘的な森を越え、信じられないほど美しい景色の中を歩く。中世の教会を巡りながら修道院に泊まる夜。ポルトガルからスペインへ280km！　魅力がぎゅっとつまったCaminoの旅へ。スピリチュアルルートも紹介！

天国さよなら　藤宮若菜

本体1,800円＋税　978-4-86385-657-8

わたしが死ねばわたしはうまくいくだろう自販機煌々ひかる夜道に

この世もあの世も同じ朝焼け
ひとりなのにあたたかいのは、わたしたちが「誰かの不在」でできているから。
——雲居ハルカ（ハルカトミユキ）

東直子が「命の際の歌が胸を突く」と評した『まばたきで消えていく』の歌人・藤宮若菜。生と死、そしてその間にあるすべてのものへさみしさの先で光り輝く第二歌集

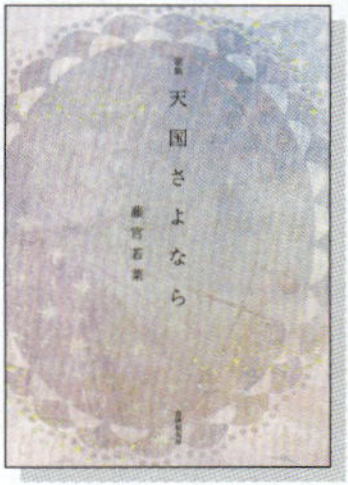

「イセッキヤ《この野郎》」と言おうとしたのが、怒りで言葉にならなかったらしい。どこかの家で、妻が夫に、恨みつらみを叫んでいる。いや、夫に突き飛ばされるか殴られるかした抵抗の声ということもありえるだろう。これ、ほっといてもいいのか。すると今度はドスのきいた男の怒声と女のわめきちらす声が交錯し、合間に子供の泣き声も混じった。どこのうちだろう。泣き声だけでは女の子か男の子かの区別はつかないし、たとえ子供が二人いても必ず二人一緒に泣くとはかぎらないから、誰の家と特定するのはむずかしかった。考えているあいだもまた、倒れたりぶつかったりする音、悲鳴が、家具が……。ヒョネの指先で絵筆が乾いていく。ダリムはまだ目を閉じてはいるが、ぐずり始めていた。サンナクがごそごそ起き出してきた。

「一体なんの騒ぎだよなあ。勘弁してほしいよ」

「警察に連絡しなくていいかな?」

そのときもう一度ドスンと音がして、子供の泣きじゃくる声が大きくなった。やめてよ、やめてってばあ。

「ただの夫婦喧嘩には来てくれないだろ」

「最近はそうも言ってられないでしょ。電話しようか? 今する?」

ヒョネは焦っていた。人の家の事情を気にかける性分ではないし、誰が喧嘩していようが関心はなかったが、誰かがいわゆる暴力を受けている状況なら話は別で、至近距離から聞こえてくる悲鳴に耳を塞いで絵に集中できるほど神経は図太くなかった。

「そのうち収まるさ」

サンナクは起きたついでにトイレに行ってくると言って、頭をかきながら立ち上がった。ヒョネは筆を置いて布団に近づき、ふがふがとぐずっているダリムの胸をそっとさすった。どこんちの揉め事か知らないけど、朝夕顔を合わせるのにやりにくいなあ、ほんとにもう。

アパートで暮らしていた頃も喧嘩や言い争いの声はしじゅうどこからか聞こえていた。特にその部屋は今の家よりずっと狭くて隣の玄関まで数歩もなかったし、構造も耐力壁が弱くて音が筒抜けだったが、一方で、入居者は子供のいない同棲カップルや独身者が多かったから、ともすると玄関ドアの外まであえぎ声が聞こえてくることもあり、ヒョネは、たとえ昼間に階段を上るときであっても極力足音を殺していた。しかしあのとき違ったのは、生活環境や行動半径、活動時間帯もてんでバラバラな住人が繁華街の裏路地という場所に住んでいたことと、商業ビルやアパートが所狭しと並び、酔客の喧嘩や各種トラブルによる罵声が、それこそ川の水のように常に流れていたことだ。もし翌日、騒音の主と思われる人とばったり出くわしても、互いに目も合わせずそれぞれの道を行くのが普通だった。十も年下の若者に、夕べお宅で何かあったの？　と口出しする出しゃばりになりたくなかったというだけでなく、日々に倦んで他人の家の話を平然とでっちあげたり、膨らませたりすること以外関心のないおばさんと思われるのが嫌だった。

いま仕方なく住んでいるのは、年代や生活スタイルの似た者同士が清涼な空気だけを友にして暮らすような人里離れた場所、しかも子供の保育のこともあるから、毎日挨拶を交わし、どんな話もネタにして会話をしなければならない……。明日集まりにこない子がいたら、あ、あそこの家かと思ってそれで終わりだろうか。警察を呼びまでしなくても、出て行って止めに入るフリくらいはしたほうがいいだろうか。知らん顔をして聞かなかったことにするのと、仲裁する体《てい》で当事者をなだめすかすのとは、どちらが隣人のすべきことなのだろうか。常識のある夫婦なら、他人が押しかけてきた段階で決まり悪くなって喧嘩をやめるだろうが、人の目や耳を気にして、戦慄や憤怒を吐き出さずに胸にとどめさせることが美徳だろうか……。美徳だろうが五徳だろうが、よその家の寝ている時間にこんな騒ぎを起こしているんだから、顔を出して一言文句を言う権利ぐらいはあるだろうか……。

そんなことをぐるぐる考えている最中も、鈍い衝撃音や転倒音、合間に叫び声や泣き声が聞こえてくる。ある程度経っても収まらなければ、たとえそれが犯罪的な状況であれ、実はセックスだったというのであれ、音の発信源まで出向いて「そろそろ寝ませんか」とドアを叩く人間が現れてもおかしくない。どの家が先に動いても、そのタイミングで一緒に外に出てみるか。だが、人の不幸は蜜の味とばかりに見物に飛んでいく人間にもなりたくない。このクソ……、こっちが……って……全部めちゃくちゃ……会って……ってくせに……そのみっともない……おじゃんに……。夫婦のあいだに飛び交う悪態と怒号。ところどころ途切れていて聞き取りづらいが、たまに保証とか株式とかの単語が混じるところをみると、経営がらみの話らしい。

お金のことってのは夫婦喧嘩の原因のトップだよね、そりゃ。だが、人間関係のトラブルで経済問題ほど因果関係のはっきりしたものもないだろう。保証だ、株式だのと聞けば一瞬ギクっとするが、すぐに差し押さえの紙が貼られ路上に追われるというのでもないかぎり、そういう言葉も実際は、別な問題から伸びてきた枝の先っぽでしかないのかも。事の発端は夫の携帯電話に残っていた謎のカード明細とか、女性らしき相手からの怪しいメールとか。あるいはもっとつまらない、家族間のグループトークあたりが始まりか。

たとえばヒョネは、自分たち夫婦と義理の両親、義理の姉夫婦、義理の弟夫婦の計八人が参加するグループトークでの支離滅裂な政治ネタや怪しい健康情報にうんざりしていたが、しばらくは親族の目もあって退室できないままもんもんとしていた。そのうち義姉の夫が、今度の選挙では必ず誰々に投票すべきと記事のリンクを貼りつけたのが決定打になってアカウント自体を削除したのだが、そんな理由にもならないような理由で、姉さんが嫌いだから姉さんの結婚式のご祝儀もあんなだったんだろうとお金の話になり、サンナクと派手な一戦を交えることになった。そのときサンナクが腹立ちまぎれに肩を軽く押したせいでヒョネはつまずき、せっかくだから全治四週間の診断書をとって懲らしめてやろうと出向いた病院で、ダリムを妊娠していることを知らされた。絶望と葛藤に心が揺れ動き、アップダウンし、どうしていいかわからないでいるうちに即入院となった。妊娠中の妻を突き飛ばしたという事実に衝撃を受けたサンナクは、八人部屋にもぐりこんできて自分の犯した罪を土下座して詫び、それを見た他の入院患者に「奥さん、許してくれないはずないって」と口々に囃され、そんなふうにして事はうやむやになったのだった。

「うるさいっ。放してよ。出てって！　何よそれ……」

続いてドタンと音がしたところをみると、またどちらかが突きとばされたようだ。ダリムが本格的に目を覚まして泣きはじめ、ヒョネはダリムの胸をとんとんとたたきながらあやした。何軒かの家の玄関ドアが重々しく開閉する音。どこのお宅ですかね？　まったくもう。喧嘩なら口ですればいいのに、ぶつぶつ。声の主も、誰にむけてかもわからない言葉が混ざりあい、きまり悪そうに消えていく。水を流してトイレから出てきたサンナクも、イスにかかっていたウインドブレーカーをひったくって言った。

「よそんちも見に行ってる。ちょっと出てくるわ。ダリムとここにいて」

単に慰めたりなだめたりでは終わらずに、誰かを制したり取っ組みあいを引き離すという状況になれば、サンナクの方が役に立つだろう。ヒョネは、目尻に涙をためて周囲を見回しているダリムに精いっぱいの笑顔を作って抱き上げた。ダリムはしばらく目をぱちくりさせていたが、やがて瞼の重みに耐えきれなくなったのか、安らかな寝息を立てはじめた。いまさら心ゆくまで喧嘩のできる家に引っ越さなければと思えるほどの余裕はないし、現実的に可能なことでもなかったが、何人産めるかとは関係なく、ここには期待していたほど長くは住めそうにないという予感だけが、できてしまったら最後いつも気にかかる口内炎のように顔を出しはじめていた。

翌朝。ゆうべの騒ぎをよそに、ホン・ダニの家には子供たちが一人も欠けることなく集まった。違ったことといえば普段よりも日課が一時間ほど遅く始まったこと、ほぼ毎回子供たちの主菜を担当して運んできていたカン・ギョウォンの姿がなかったことだった。

その晩は骨折のような大ケガこそなかったものの、カン・ギョウォンはテレビ台の角に額をぶつけて出血しており、コ・ヨサンは首や頬などあちこちにできたひっかき傷でやはり少し血を流していた。集まった住人たちが玄関ドアを激しくノックしたときに顔を見せたのはコ・ヨサンだった。彼は隣人たちを見るなり、これでひと安心という表情になり、落ち着いた調子で、騒ぎを起こして申し訳ないとまず謝罪の言葉を口にし、だから事態の原因は絶対的にコ・ヨサンのほうではなく、理性をなくして怒り狂っているカン・ギョウォンにあると思われた。一同は困りきった眼差しで互いの顔を見合っていたが、そのうちシン・ジェガンが、タバコでも一本吸おうとコ・ヨサンを無理矢理引っ張って外へ出ていった。二人とも明らかに非喫煙者だと知っていたソン・サンナクはどうしていいかわからなくなり、キョロキョロ目を泳がせたあげく彼らの後を追い、残されたカン・ギョウォンは獣の咆哮のような声をあげて号泣し、床にへたりこんだ。

ちょっとお邪魔しますね。ウノとヨジンが上がり込んで泣いている子供たちを抱きあげなだめるあいだ、ホン・ダニはリビングのティッシュを引き抜いて、血が出ているカン・ギョウォンの額にあてた。いいの。わかるわかる。どうしようね、とりあえずいったん落ち着いて、深呼吸してみましょうか。救急車を呼ばなくていいかと心配げに尋ねたウノの声は、激しい慟哭にかき消された。

しばらく額を押さえていたもののなかなか血は止まらず、結局明け方になって、ウノがカン・ギョウォンを車に乗せ救急外来まで連れていくことになった。コ・ヨサンの運転する車になんか乗れないとカン・ギョウォンが絶叫したせいもあったし、コ・ヨサンもまた腹の虫が治まらないらしく、運転ができる状態ではなかった。

救急外来で、受付や医療関係者から旦那さんですかと自動応答メッセージのように繰り返され、ウノは面食らった。隣人ですよ、ご近所さん。二針ほど縫い、鎮静剤の注射で眠りこんだカン・ギョウォンのベッド脇でぼんやり待っているのも苦痛だった。

どうして自分が他人の妻を連れてこんなところまでやってきて、治療が終わるのを待ちながら彼女の夫に結果報告のメールを打ったりしなければならないのか。状況が状況で他に手がなかったからとはいえ、どうにも納得がいかず、ウノは最大限無味乾燥で簡潔なメールを送った。心配はいらないそうですが、ほんの少し痕が残るようです。コ・ヨサンも短い返事をよこしただけだった。わかりました。ありがとうございます。妻を病院に運び、交通の便が悪いからと治療が終わるのを待ち、送りの運転手役まで引き受けてくれている人間に対し、お手数おかけしてすいませんといった一言はなかった。

点滴を一パック分打って目を覚ましたカン・ギョウォンを再び車に乗せて共同住宅に戻ってくると、すでに時刻は午前十時に近かった。当然だが勤め人は全員出勤しており、コ・ヨサンも例外ではなかった。カン・ギョウォンは、まだ話し合いが終わってないのに、あの人ったら知らんぷりで放りなげて仕事に行った、と——災害や身内の不幸のような一大事でなく、感情のもつれや頬のかすり傷程度では欠勤できないことぐらい仕事をしていないウノにもわかり、カン・ギョウォンは単に怒りを持続させる材料を探しているように見えたのだが——なんとなくまたうなじを押さえて倒れる寸前みたいな状態になったため、ウノがカン・

ギョウォンの家まで支えていった。

ホン・ダニは、いつのまに作ったのかアワビ粥の入った鍋と麦茶のポットをのせたトレイをサイドテーブルに用意していた。そして、セアとウビンは夕方まで預かっててあげるから、何も考えないでゆっくり休んでねと慰めの言葉をかけ、ウノと一緒にカン・ギョウォンの家を出た。

「心身共に不安定な母親といたら、子供にもよくないですからね。帰ってくるとき、ギョウォンさん何か言ってませんでした？　どうして喧嘩になったか、とか」

ウノは、一言も話さずにひたすら前だけ見て運転していた自分を思い返し、首を振った。

「いいえ。それ、聞かなきゃいけなかったですか？　具合悪そうだったから、後部座席でずっと休んでもらってたんですけど」

ホン・ダニは苦笑いを浮かべると手を横に振った。

「そういうわけじゃないけど、みんなが寝てるときにあんな騒ぎを起こしたんだから、実はこういうことがありましてって弁明ぐらいあったかと思ったんですよ。そしたら理解もしてあげられるでしょ。違います？　おかげでみんな大慌てで、目を真っ赤にして会社に行くことになったのに、その理由がさっぱりわからないではモヤモヤするわよ。モヤモヤしませんか？」

真夜中に起きた、全体として修羅場に近い事態に介入した隣人には、しかるべき見返りとして一つ残らず経緯を聞く権利がある。そう言わんばかりのホン・ダニの話法によそよそしい壁を感じて、ウノは言った。

「僕は、それこそ病院にカンヅメでしたから。ジェガンさんはなんか聞き出してないんですか？」

話しているうちにホン・ダニの家の前まで来ていた。玄関ドアの向こうから、子供たちの歌う声が聞こえてきた。

「聞き出すなんて、ぜんぜん。なんかあったらしいけどよくわかんない、でおしまいよ」

愚痴をいうように言い捨てると、ホン・ダニが玄関ドアを開けた。

ウビンは、前の夜に両親のあんな姿を見たショックがまだ残っているのか、他の子と一緒に歌はうたわずに、少し離れたところに座って黙っておもちゃをいじっていた。セアはまだ事情がのみこめない年だが、雰囲気は感じ取っていたらしく、少し疲れた表情を浮かべ玄関脇の部屋で寝入っていた。

ウノがカン・ギョウォンを連れて街の救急病院に行っているあいだ、ヨジンはシン・ジェガンと出勤中だった。シン・ジェガンの車は初めてだったから、ヨジンは乗る前に何度か足踏みしてそれとなく靴の埃を落とす真似をしたり、乗りこむときも手入れの行き届いた外観や車内の広さに圧倒されてどぎまぎしていた。以前にも庭で何度か見かけていた車だが、実際に乗ってみるとまた感じが違う。こんな、フォード・エクスプローラーみたいな車を運転している人が、十年は経った軽自動車の助手席で、いままで大変だったろうな。

「あの、二人はどうしてあんなことになったんでしょうね、ゆうべ」

いつもとは逆の立場で車の波に流されていくあいだ、さして話すこともなくてヨジンは先にそう口にしたが、すぐに無責任な発言だったと気づいた。噂好きだと思われたらどうしようと思い、実はそれほど気になっているわけではないというニュアンスを出すために、独り言のように付け加える。

「でもまあ、みんなあんなもんですけどね」

「ヨジンさんはあんなに派手にやりあったこと、ありますか?」

「たまたまそうなったときも、そのつもりでやりあったときも、血を見るようなことはなかったですね。大きな声を出してあれこれ投げたりもしますけれど、たいていは壊れにくいものとか片づけやすいもので。ティッシュの箱とか、プラスチックのトレイとか」

「おやおや、じゃあ今まで発散できなくて大変だったでしょう?」

シン・ジェガンがハンドルを握っていない方の肩を大げさにすくめてまぜっかえし、ヨジンは、よその家のトラブルを朝から通勤中の会話のネタにしている人間的な後ろめたさをとりあえず脇において笑った。

「発散できなくてだなんて。ストレス発散で夫婦喧嘩します？　他にどうしようもないから喧嘩してるんですよ。そんなことばっかりしてたら暮らしていけませんし」

「でも気になりますねえ。すごくおとなしそうだからかな。ヨジンさんが大きな声を上げたらどんなふうになるか、聞いてみたいですよ」

どんなふうにって、どうもならないわよ。聞き方次第では若干対応に困る言葉にヨジンは少しドキリとして、窓の外に視線を向けた。

「じゃあ今度うちで喧嘩になったら、ゆうべみたいにきてください。ご覧にいれますから」

「ハハ、そのためにわざわざ喧嘩の種を作ってやり合わないでくださいよ」

いつも、一線を踏み越えるか踏み越えないかのスレスレのところでシン・ジェガンの発言や行動は終了していた。もちろん、どこが線かという基準は人によって違うから、ヨジンはあるところまで来たら断固たる表情で、もう許せないと彼の話を冷たく打ち切って拒めばいいことだった。居心地が悪かったり不快に感じるのなら、それこそが線を踏み越えたということなのだから。だがヨジンは、できれば「誰の目から見てもおかしくて理解できない」ことにそう反応したかった。解釈の仕方や範囲によって不快指数が変わることにいちいち神経を尖らせて、互いに後味の悪い思いをするのはいやだった。もっと言えば、疲れる女だと、笑いをとるつもりで言ったことに噛みついてくる神経質な隣人だと思われたくなかった。いいところはいいと認め、些細なジョークもうまくかわすことのできる賢明で利口な社会人でいたい。人里離れた辺鄙な場所にある小さな共同住宅に越してきたからだけではなく、薬局で数多くの病む人と接するあいだに、ヨジンには、世間の誰をも客と見なし、接客できるかのような日常への筋力がついていた。

何より、なぜこちらが先に断固たる表情を浮かべなければならないのだろう。表情を浮かべる最適なタイミングを計っている自分自身が気に入らなかった。とはいえ、何があっても自分だけハシゴを外されるようなことにはなりたくない。それってどういう意味ですか？そんな消極的な抗議に本音を明かす人間はどこにもいないし、そういう場合、言葉で説明させられるのは必ずと言っていいほどこちら側なのだ。よそんちの女性が大きな声を上げるのを聞いてみたいって、どういう意味ですか。それって、あの意味で言ってるんじゃないですか？　どういう意図かわかりませんけど、私はそういう言い方されるのが不愉快なんです。たとえ冗談でも、今後は気をつけていただきたいんですが。そう言うと相手は呆れた顔をして舌打ちし、首を横にふるだろう。いやあ、奥さんの前では怖くてこれから何も言えないなあ。どうして今のがそういう話になるんですか？　大声出してるのを聞いてみたいって言われて、すぐアノ声だってとる方が変だし、おたくの耳が淫乱なんじゃないの？　その気になれば誰でもこちらを笑い飛ばし、馬鹿にすることのできるシチュエーションだった。発話当事者の微妙なジェスチャーやその場の雰囲気、聴者の心理が消されてしまう点が言語自体の抱える弱点だった。

相手一人に白い目で見られて無視されるだけならいいが、普通はその後近所の噂になるものだ。彼女なんと、こんなこと言ったんですよ。普段どう暮らしてて何考えてれば、そんなとんでもない場面を連想するんでしょうね。どこの誰が、いつ、あなたとそういうことしたいだの、してるとこ見たいだの、そんなようなこと言ったかっていうんですよ。自分の顔や年を少しは考えてほしいよなあ。ちょっと被害妄想の気があるのかも……。それが誤解だろうが真実だろうが、共同体生活に不協和音を生む張本人だとレッテルを貼られれば、住人全員との関係は破綻するだろう。そうなってしまったら、まだ入居して少ししか経っていないのに、ありふれた挨拶やふれあいややりとりをしながら暮らすのはむずかしくなるはずだった。ヨジンは、表情を強張らせることもなく冗談を冗談と受け流せた自分自身に、心の中で親指を立てた。

「じゃあ、八時に迎えにきますよ」

薬局の向かいの路肩に車を止めると、ジェガンがそう言った。ヨジンは、立場が逆転した居心地の悪さを極力抑えて返事をした。

「遅くなっても平気ですから、お仕事を全部終わらせてきてください」

シン・ジェガンは正社員で家長、ヨジンはいつ首を切られてもおかしくないアルバイトだから、優先順位や序列は明らかだった。おまけに薬局の補助スタッフといえば、ふつうは近所の住民に気楽に通ってほしい勤め口だ。親族だからと簡単に放り出せずにいるが、薬剤師は薬剤師なりに、遠くへ越してほぼ毎日通勤してくるヨジンのことを多少苦々しく思い、だが事情を知らないわけもないから、辞めたらと切り出せずにいるのである。

「ハハハ。そのへんは適当にやりますからご心配なく。それともボクと、そんなに遅くまで一緒にいたいですか？」

ドアを開けて出ようとしているヨジンの背中を、シン・ジェガンがポンと叩いた。遅い時間でもいいと言っただけで、もっと一緒にいたいって意味じゃないのに。シン・ジェガンの自分勝手な受け止め方に、ヨジンは後ろを振り返らずに肩をすくめた。

帰宅してみると、なぜかウノとホン・ダニが共同住宅の前庭で出迎えの人みたいに並んで待っていた。

「どうかしたんですか？」

先にドアを開け車を降りたヨジンが首をかしげた。二人は、かすかな月明かりの下でもわかるほど顔や仕草に緊張が漂っている。なにか共犯者のように立っていなければならない理由でもあるのだろうか。

「そうだよ、いつ帰ってくるかもわかんないのに」

続いて車を降りたシン・ジェガンがそう付け加えたが、ホン・ダニはその言葉を無視してヨジンに言った。

「毎日帰ってシユルちゃんの寝顔を見るだけなんて、気の毒でしょうがないわ。薬局のお仕事って、毎日こんなにかかるんですか?」

いつもの帰宅時間より二〇分ほど遅くなっただけなのに初めてそんなことを言われ、ヨジンは怪訝に思った。

「けっこう忙しい場所にあるんです、病院のすぐ隣なので」

違う言い方もできたはずだった。今日にかぎってちょっと道が混んでたんですよ。もしくはより事実に近い言い方も可能だったろう。私ではなくシン・ジェガンさんの仕事が終わるのに合わせているので、当然ですよね? 本当だったらまだかかるところを、シン・ジェガンさんは早めに切り上げてきたんです。だが、いつも子供の寝顔しか見られなくてどうこうという本質的には咎めているのに近い、実家や嫁ぎ先から言われてもあまりいい気のしない口出しだったから、ヨジンの言葉もいきおい、どこかで遊んできたわけではないと強調する口ぶりになっていた。

「ボクが遅くなったんだよ、ボクの仕事が。わかるだろ。どうしたんだ、なんかあったのか？」

シン・ジェガンがドアを閉めて近づき、会話に加わった。

「そうね。いま大事なのはそのことじゃなくて、ヨジンさん、あなたが驚くかもしれないから、私の口から直接言おうと思って待ってたの。シュルちゃんがね、お昼にちょっと」

「シュルがどうかしたんですか？」

娘の名前にヨジンの声が鋭くなると、ウノがおずおずと口を開いた。

「ちょっと喧嘩になってさ、他の子たちと」

「みんな自分より小さいのに、なんで喧嘩になるのよ？」

シュルはそんな子じゃないでしょ？　と言いそうになるのを、ヨジンはグッとこらえた。うちの子に限ってそんなはずはという言葉が、共同生活においては最後の最後でなければ口にすることのできないタブーであることぐらいはわかっている。

「とりあえず、中で話そう」

シン・ジェガンがそれとなくホン・ダニの背を押した。

そもそも、乳幼児のなかにたった一人五歳児がいれば、それも男の子でなく女の子であれば、どうしても下の子の面倒を見るポジションにされてしまうことをヨジンも全く予想しなかったわけではなかったが、ついこのあいだまでひとりっ子として育てられてきたシユルが、環境が変わったからといってそう簡単に態度や行動を変えることはないだろうと思っていた。ウノも、他の子と一緒に過ごすのはいつ経験しておいても悪いことじゃないし、どうせいずれお姉ちゃんになるんだから予行練習にもなってちょうどいいと、あっけらかんと考えていた。今日は特にウビンとセアが落ち込んでいたから、シユルは遊びの時間には二人の脇にぴったりついておもちゃをあれこれ取ってやり、美術活動の時間もウビンの前にクレパスや色紙を用意してやっていた。そんな姿にウノが直接気づいたわけではなく、チョ・ヒョネが近づいてきて耳打ちしてくれたおかげでわかったことだった。

チョ・ヒョネの話を聞いて観察してみると、確かにシユルはそんな感じだった。やっぱり女の子だから人の気持ちをちゃんと思いやれる優しいところがあるんだなとウノは感心したが、シユルがずっとウビンばかりかまっていると思ったのか、ジョンヒョプがやってきて、いきなりシユルの頭を叩いたのだという。驚いたシユルが思わずジョンヒョプを突き飛ばし、止めに入る間もなく、今度はジョンモクが駆けよってきてシユルの髪を引っ張ったり蹴飛ばしたりした。チョ・ヒョネは別の部屋でセアとダリムのおむつ交換中だったし、ホン・ダニは作ってあった午後のおやつをセッティングしていた。ウノがひっくり返っているジョンヒョプを先に抱き起こしている間にこの事故になり、シユルとジョンモクを引き離すのに時間がかかったせいで騒ぎを見たウビンが泣きはじめ、結局ウノは、四人の子の泣き声が大合唱になる事態を防ぐことができなかった。

薬を飲んで眠っていたカン・ギョウォンを除いても大人は三人いたはずだったが、一度勢いがついてしまうと大人の頭数などなんの意味もなかった。シユルは転んでひっくり返ったときに床に口をぶつけ、上唇が裂けて血が出たが、歯に異常はないという。

ぱっと聞いただけならどの保育園や幼稚園に通っていてもありうる事故で、大人がその状況を制御できなかった物理的な事情も想像がついたし、なによりその場にいなかった以上、子供同士の偶発的な事故を大人の管理不行届きのせいと早計に判断する資格はなかった。すでにホン・ダニが子供たちを集めて事故について徹底的に叱り、謝らせていたこともよくわかった。

しかし、くしゃくしゃに丸められた紙くずみたいになったヨジンの神経に障ったのは別のことだった。大人が三人もいて、なぜシユルに下の子たちの面倒を見る役割が自然と割りふられてしまったのだろうか。誰かがわざわざシユルのことをあてにしたわけでないとしても、なぜそれがあたりまえのような雰囲気ができていたのだろうか。さらに、それでなくてもシヨックを受けているシユルにウノが寝る前にかけた言葉が、ヨジンの中の違和感を頂点まで引き上げた。シユルはおりこうさんだし、一番のお姉ちゃんだからわかるよな？　ジョンヒョプはシユルのことが好きなのに、シユルお姉ちゃんがウビンばっかりかわいがるから、だから寂しくてあんな悪いことしたんだってさ。ジョンヒョプはまだ小さくてわかんないから、許してあげような。

ひょっとして、ウノが仕事に行きヨジンが家にいたとしても、その場に居合わせたうえでヨジンがシユルにかけた言葉は、あまり変わらなかったかもしれない。だがヨジンなら、最初からシユルに「ついつい」荷を負わせるような事態だけは、最大限防ごうとしたかもしれない。シユルがそれを自分の義務と考えていたか、実際に重荷に感じていたか、あるいは逆に喜んでいたかはまた別の問題だった。

「血はすぐに止まったんだけど、起きたら唇が腫れると思うのね。本当に心配だし、申し訳なくって。あ、そうだ、あれ」

ホン・ダニは、いま思い出したというように、テレビ台の引き出しから小さな化粧品の容器を持ってきた。

「手作りの天然軟膏なんだけど、体に悪いものは一つも入ってないんですよ。知りあいのママさんが手作りして届けてくれたのね。明日の朝起きたら、これ、絶対に塗ってあげて。一日に何回塗ってもかまわないし、常備薬みたいにして使ってもらえれば」

ヨジンは何も言わずにクリームを受け取り、指で触れながらケースに目を落とした。ホホバオイルでしょ、トウキに、シアバターに、ドクダミ、それにユーカリも、と並べ立てるダニの言葉はうまく耳に入らなかった。そのとき、そのまま表情が凍りつきそうになっているヨジンを引き止めるように、ウノが声を張り上げた。

「いやあ、そんな気をつかってもらったらかえって申し訳ないですよ。子供の喧嘩はよくあることだし、平気ですって」

「ウノさんにそう言ってもらえると、あたしも気が楽よ。でも、子供の気持ちはそうもいかないですからね。当分はショックかもしれないわ。明日になればギョウォンさんも落ち着いて出てきてくれると思うし。あたしがちゃんと見張って、こういうことのないようにしますから。ね?」

ホン・ダニにそこまで言われてヨジンは何も言えなくなり、ぎこちない笑顔を返した。気持ちの上ではどこか許せなくても、すでに形成された雰囲気が許せないでいることを許してくれないとき、打てる手として最も有効なのは話題転換ぐらいのものだった。

「そういえば、ギョウォンさんは大丈夫なんですか」

「ずっと死んだように寝てるけど、子供のことを考えたらしっかりするより仕方ないわよね。

こんなときにヨサンさんったら、なんかのワークショップだとかいって、一泊二日でまたどっかに出かけちゃったんですよ。戻ってきてからもしばらくはギクシャクするだろうけど、そのうち、なあなあになるでしょ」

ギクシャクしていても、なあなあ。本当にそうなのだろうか。苦い思いをとりあえず心の奥底に埋めて先送りし、次に掘り返した時は前よりもっと綻びが広がっていて、でもまあそんなものだろうと、なあなあで暮らし続ける。本当にそれでいいのだろうか、夫婦って。ヨジンは、そんなふうにウノとやりあわないことにして埋めてきた事柄のリストを思い浮かべた。かろうじて保たれている形態を壊したくなくて、シユルに見られてしまいそうで、親たちに悪いから……解決しようとせず、あるいはできず、ただ見ないように蓋をしてきた日々を数える。墓の下の遺骨よりもさらに地中深くに埋葬された、さまざまな感情。副葬品として一緒に埋めた現実認識は、もどかしい日常の前では贅沢品にしか思えなかった、そんな一瞬一瞬を、今も覚えている。

こんなふうなのに、二人目なんて。三人目にいたってはさらに非現実的な領域だった。それは医学の進歩や個人の体力、および免疫力、「世の中まだまだ捨てたもんじゃない」と思える社会にしようという共同体意識とは、まったく無関係のことだった。

そういえば、言えなかったな。シユルのこと、シユルのケガのことを考えているときに切りだせる話ではなくて、ヨジンはウノに伝えられずにいた。帰ってくる車の中で、シン・ジェガンが自分にどんなふうだったかを。その曖昧なシチュエーションを効果的に描写してウノに理解させようとすれば、口では言えないほど繊細な思考回路と莫大なエネルギーが必要なはずだった。

シン・ジェガンは、ただ昼間ネットで見た社会面のニュースの話をしていただけだったし、ヨジンも内容は知っていたから、肯いて聞いていただけだった。考えてみてくださいよ、そうやってほんの一回、救助のために脇を支えただけで神経質にどうこう騒がれたら、これから恐ろしくてどうやって救助ができますか。そうじゃありませんか？　だって、もしですよ、ボクがこの状況で、仕方なくヨジンさんの腰をパッと抱き寄せた、そしたらヨジンさん、イヤだって思いますか？　せっかくヨジンさんを助けようと抱き寄せて、そのせいで二人の体がぴったりくっついて、胸やお尻や、ほら、大事なところとかが触れあった。そういうのは見逃してやるべきじゃないですか？　ヨジンはひきつった笑いを浮かべ、物言いをつけるように、救急隊員さんもだから大変だと思います、でもなんで、そうしょっちゅう私を引き合いに出すんですかと尋ね、シン・ジェガンは、いやあ、話の流れですよ、と返した。

その過程でシン・ジェガンは指先ひとつ触れてきたわけではなかったから、隣人の女性に腰だの胸だの妙な話をしたという事実だけで彼を不愉快に思っていいものか、ヨジンには確信が持てなかった。何より、血の跡の残るシユルがさして年の違わない子に危ない目に遭わされたのに、お前が我慢してわかってやれと慰めにもならない慰めを口にしていたウノが、せいぜいその程度の話に共感や反応を見せるとは思えなかった。具体的なアクションで、手で触れられるような形式で、実際に目の前で繰り広げられない限り、言葉にはなんの意味もないことを、長年シナリオやらプロットをいじくりまわしていた人間のウノはよく知っているはずだったから。

やっぱり、何もなかったことにしよう。シン・ジェガンの口から出た言葉は実行に移されないまま、空気のなかに蒸発したということにしよう。

そう思いながらもヨジンは、インターネットの検索ボックスに、使い道もまだ決まらないまま、「超小型録音機」と入力していた。

六人の子供のうち一番元気で騒々しい男の子二人がいっぺんに抜けたせいで、共同住宅は中も外もひっそりとしている。体中の感覚が鋭く研ぎ澄まされた今のギョウォンには、その気になれば数百メートル先の渓流の水音も聞こえそうなくらいの静寂が漂っていた。

まずホン・ダニが、週末の父親の古稀祝いでジョンモクとジョンヒョプを連れて実家に帰り、シン・ジェガンは今日まで仕事に出て明日、妻の実家に向かう予定だった。チョ・ヒョネは、姑の乳がんの手術が決まって昨日からダリムを連れ家を留守にしていた。ダリムは実家に見てもらって自分は病室の簡易ベッドに寝泊まりし、姑が退院し次第戻ってくるというスケジュールで、最短で十日、長ければ半月ほどの不在になりそうだった。

ギョウォンははじめ、そういう困ったときこそご近所さんっていうでしょ、だの、子育て中のママの気持ちがわかるのはやはり同じママよ、だの、情けは人のためならずって言葉もあるから、心配しないでダリムちゃんはあたしたちに任せて看病に行ってくればいいわよ、だのと声をかけた。コンディションが本調子なら、子供の一人ぐらい増えてもそれなりに面倒を見る自信があった。たしかに楽ではないが、ダリムの両親がどちらもいないわけではない。朝、ソン・サンナクがダリムを預けていき、夜戻ったときに連れて帰ればいいことだった。もちろんそのうちの二日くらいは、ソン・サンナクも自分の母親の手術だから病院に顔は出すだろうが、そのときはなんなら子供三人と一緒に寝たってかまわない。たとえ真夜中にあんな騒ぎを起こして以来夫のヨサンとは冷戦中で、隣人と平気な顔で接するのがつらい状況であっても、日常はギョウォンのコンディションにおかまいなしに続いていくのだ。ギョウォンは子供たちのため必死に自分を回復軌道に乗せていたから、肉体的には無理な話ではなかった。

ところが、チョ・ヒョネは笑顔ひとつ見せずにその場で速攻拒絶した。実際のところギョウォンだって隣人から先にそんなことを提案されたら、お気持ちだけありがたくちょうだいして、と遠慮していたろう。互いに胸を開いてつきあう仲であっても、申し訳ない気持ちや不安がまったくないといえば嘘になる。子供が母親を探して泣いたとき、我慢できるのは赤の他人よりは実家の母のはずだった。たとえ他人の世話のほうが衛生面や社交性という点でずっといい結果になるとしても、母親という立場で安心できる方を選ぶなら。病院での泊まり込みの看病という慣れないことをする人間が、のんびり子供の心配までしている余裕はないだろうし。おまけに、ついこの前大声を張り上げて喧嘩していた家に預けるとなれば、心情的な壁があるだろうことも理解できた。

しかし、ヒョネの場合はそんな負担感や不安感が主な理由とは思われず、そのことは彼女の表情からもうかがえた。チョ・ヒョネの辞書には「お気持ちはうれしいですが遠慮します」という人間社会での普遍的な挨拶が搭載されていないのだ。子供がいる以上形成されないほうがおかしい子育てネットワークでは、遠慮と感謝は常にワンセットでついてまわるのが普通で、TPOに応じた適切な笑顔というのはそのセットをラッピングするリボンみたいなものなのに、チョ・ヒョネの返事は本質的に他人に余計な面倒をかけまいというバリアに近く、それは徹底した自己管理や信念からくるものというよりは、一度ダリムのことを頼めば、次に何かあったとき自分がセアやウビンの面倒を見なければならないかもしれない（実際にそうなる可能性がどれほど低いかは別として）という計算からきているらしかった。人様に迷惑をかけてはとても暮らせない、日常生活にわずかな借りを作ることも避けよう、そういういかなる余地も生まないようにしようという、きっぱり節度ある性格の可能性もあるが、彼女の日々の生活態度を少しでも観察していれば、それとはかけ離れたタイプであることは察しがついた。

個々人の性格にもよるが、二人、三人と子供が増え、その子たちがみんな具合が悪いなんてことになったら、あんなふうに割り切って自分のことばかり考え、なんの手助けも借りずに暮らすことなど不可能だろうに。そうなったとき、チョ・ヒョネはいったいどうするつもりなのだろう。上の子の授業参観で下の子の学芸会に行けないという状況は起きうるし、三番目の通院のために二番目の下校時間に迎えに行けないこともある。ギョウォンは、チョ・ヒョネのような個人至上主義に近い人間がなぜこんなタイプの共同住宅に入居しようと思ったのか、ずっと不思議だった。子供を遊ばせている時間でも子供より集中できていないし、我が子の世話ができているのが不思議なくらい、何事にも誠実さに欠ける。共同保育だって他に手がないから参加しているだけで、他の所が見つかればいつでも抜けるつもりなのがありありで、そういう人と毎日のように顔を突き合わせていなければならないのは苦痛だった。自分は救急外来で額を縫うために一度欠席した以外毎回きちんきちんと与えられた役割をこなしているのに、チョ・ヒョネときたら毎日二、三〇分の遅刻があたりまえなのだ。遅くったって来たんだから文句ないでしょと言わんばかりで、そういう自己管理のできていない人間には簡単な毎日の保育日誌の作成といったことも任せづらかった。

ともかくそんなわけで、今日のメンバーは子供がシユルとウビン、セアの三人、大人はギョウォンとチョン・ウノの二人だけだった。子供の数からしていつもの半分だったので、どうしても気持ちは緩みがちになり、現にチョン・ウノが、せっかくだから自然に親しむ的なプログラムはやめて、街の大型キッズカフェかなんかに出かけるのはどうだろうと提案してきたところだった。

「子供たちだって、ずっと水がきれいで空気のおいしい原っぱばかりじゃ息がつまるんじゃないかと思うんですよね。たまにトランポリンするとか、マットでごろごろするとか、ボールプールに寝っ転がるのもいいと思うんですよ」

息がつまるんじゃないかと……。ギョウォンにはその言葉が自分に向けて発せられたもののように聞こえ、チョン・ウノがまだ回復しきっていない自分を念頭においていることがわかった。

「今からタクシーを呼んで出発すれば、みんなが帰ってくるまでには戻ってこられると思うんです。平日だから空いてるだろうし」

「そういうところで一日過ごすのも悪くないとは思うんですけど、子供三人連れて行ったら、あたしたち、人に夫婦だと誤解されません？」

ギョウォンが笑いながら異議を唱えると、チョン・ウノは、それもそうかもしれないというふうに首を傾げたが、すぐに肩をすくめてみせた。

「別に平気でしょ。どうせ二度と会わない人たちなんだし、好きに思わせとけばいいですよ」

チョン・ウノがなんでもないことのようにサクサクと段取りをまとめるので、ギョウォンはさっきまで神経と神経の間にかかっていた暗い靄《もや》が晴れ、気楽で素敵な一日になる予感がし、すでに今日の子供たちとの日課が終わったような気にさえなった。少人数だから大鍋でスープをこさえることもしていないし、いつもの体にいい野菜中心の作り置きおかずを冷蔵庫から出してセッティングする必要もない。お昼は街中のキッズカフェで間に合わせ、帰る途中に夕食用のピザを買ってくればいい。チーズやポテト、オリーブ、ベーコンがどっさりのった、人生のうち一日くらい子供に食べさせたってどうってことはない、脂っこくて不健康で、カロリーばかりが高い晩餐を楽しめばいい。

実際ギョウォンは、自分の役目、大部分自分で選択したその役目と、それがもたらす結果のすべてに、最近幻滅を感じていたところだった。そうするのが当然だと思い、手間暇かけてやってきた一瞬一瞬の労働や義務が、実は一銭の価値もないと知らされることはしょっちゅうだったし、日々の生活のなかで、ヨサンや彼の親族の言葉にその事実を突きつけられることも何度となくあった。そのつどギョウォンは、自分まで価値がないと思ってしまっては最後だと追いつめられるような気持ちになり、ますます生活や子育てを死守しようと躍起になった。そうした結果は、誰もが羨み、「いいね」ボタンを押したくなる各種画像や短い動画というかたちで残されていった。

――そんな低予算でこれだけのインテリアが作れるなんて、凄ワザです。生地はどこのですか？　情報お願いします……。

――こんな家だったら、ダンナも毎日早く帰ってきそう。

――本格的に料理の勉強されたんでしょうか？　画像見ただけでおいしそうです。

――テーブルセッティングがうまくて器使いも素敵。インスタ映えってレベルじゃなく、見た目がもうプロです。ものすごい手間かかってそうですね。

――お子様用の一口サイズだ。こういうテーブルを見ると、手抜きママは自分の子がかわいそうになります。

――ご自宅で英語を教えるときに使ってた教材、ありましたよね？　前にアップしてた、イラストの単語カードとアルファベットがマジックテープでくっつくようになってるやつです。あれってどこで買ったか教えてもらえますか。

どんな言葉であれ、タイムラインから消えればそれで終わりの賛辞でしかなかったが、どうせ無報酬労働ならせめて記録に残し、一人でも多くの目を引くことで、ギョウォンは一種の感情的な報酬を得ていた。

あれは、全部この共同住宅に引っ越してくる前のことだった。ウビンが生まれたあともヨサンは二回ほど転職していたが、その理由のほとんどが小規模下請け企業にありがちな給料の遅配だった。結局セアを妊娠したとき、ヨサンは親族が経営する中小企業に落ち着いた。できれば最後の手段にしておきたい選択肢だった。親戚の会社だからよけい、こっちの事情も汲んでくれという雰囲気になり、給与の支払いが遅れるに決まっていたからだ。前の勤め先のようにいつもらえるか全くわからないというわけではなく、次の給料日がくる前にどうにかこうにかぽつぽつ入金されるのだが、ギョウォンの感じていた生活の体感温度はそれ以前と大きく違わなかった。

その過程で家計こそ破綻しなかったが、子供のものを揃える方法は有名な子供用品交換サイトを掛け持ちして最大限活用することだった。子供のいる女の大部分はそうやって暮らしているのだから、さして珍しいことではない。子供の体には高価なアトピー用ローションを塗るかわり、自分の顔はスーパーでたまたまもらった不特定のメーカーのサンプル化粧水でごまかすのが、一般的な子持ち女性の生活だった。

搾乳機や授乳クッションといったベビー用品はレンタル業者を利用し、おもちゃや本、服、靴、ベビーカーなどは誰かが使ったものが出品されたときに安く買いとるのが普通だった。生活レベルが数ランク違う母親たちの集まる会員サイトでは、ブランドものの抱っこひもや高級ベビーカーが海外から共同購入され、オーガニックの布や無垢材のおもちゃが買いつけられ、毎日のようにそれらの画像が掲示板を飾っていたが、ギョウォンは彼女たちの使い終わったものを値切りに値切って買うとまずウビンに使わせ、さらにセアにもお下がりできるよう大切に保管していた。子供はすぐに大きくなるから服は中古が基本だった。おもらししたり吐く以外にも様々な分泌物で汚れるので、体に直接触れる下着や靴下だけは新品と決めていたが、それらは必ずしも買わなくても、友人およびヨサンの親戚から盆暮れや誕生日のプレゼントとしてもらうことができた。上に着るものはすべて中古品を買い、洗って着せた。どうせすぐに小さくなって何度か着ればおしまいなので、詳細説明に記載されていた毛玉や一、二個のボタンの欠けは気にしなかった。洗濯や繕いにひと手間かければ解決するのだ。そうやって着せたものをまた交換サイトに出品し、それをまた誰かが買っていくという経済行為が繰り返された。誰に気づかれなくても、日々の生活のそこかしこが充実感で満たされるようになった。夫の稼ぎがパッとしなくても、快適な乗り心地で子供の脊椎を守るイギリス製ベビーカーを市場価格の半値で買えたのは、ひとえに自分の才覚なのだから。

その場合、商品を細かくチェックして合理的な価格まで値段交渉することが不可欠である。出品者は傷や全体の状態と関係なく最大限高い値段で売りたがるものだし、買う側はその逆で最低価格まで値切りたいのだ。ギョウォンは、画像にはなかった細かい欠陥を見つけるといちいちクレームをいれて返品を申し出た（ページをめくるとパリッと音がするくらい新品の全集、ということでしたが、角に汚れや破れがあります。裏表紙には名前のらくがきもありました。事前の説明になかったので返品させてください)。すると、一日中子供と一緒にいなければならない主婦たちは返品手続きの面倒を考え、値段や送料をさらに値引きして、可能な限り穏便に交渉をまとめたがった。そんなやり方で節約できた金額がウン百万ウォンになるとギョウォンはすっかり面白くなり、さらに無理な値段交渉を、本人としてはまったく無理とも思わずにあちらこちらで試みて、やがていくつかのサイトで派手に叩かれることになった。

ある利用者が、ギョウォンの送ったメッセージを、IDの一部を伏せてママサイトに投稿したことが始まりだった。『魔法のうちわ』シリーズ全巻、定価十二万のものを、ちゃんと開封済未使用って書いて七万ウォンで出品したのに、それを三万にしてくれって言ってきたケチママがいるんです。できれば、同じ子育て中のママだし、事情もわかってあげたいけど、でもなんぼなんでも良心なさすぎー。

からかい気味のコメントと共に公開されたやりとりは、次のようなものだった。

——うちの子は魔法のうちわが大好きなんですが、かなり生活が苦しくて。安くしてもらえませんか。

——どのくらい安くでしょう？　うちも、ほぼ新品をこの値段で処分するのは残念ですが、しまい込んでるうちに子供がこのシリーズを卒業する年になっちゃったので、しかたなく出品してまして。

――安いほどありがたいです。でも無理なら仕方ないので。大丈夫です。

――まずはそちらの希望価格を教えてください。

――今は送料込み七万ウォンになってますが、送料別三万ウォンでどうでしょう。それがダメなら、送料別四万ウォンでいかがですか。

やりとりはそこで終わっていた。母親たちがつけたコメントには、どれだけ生活が厳しくてこんなに一生懸命頼みこんでるんだろうという哀れみの声もあったが、大体は同じ母親の目から見ても恥ずかしいという嘆きや、こうやって中古市場で買い叩く一部のモンスターがいるから、ママたちが世間から恥知らず集団と誤解されるのだという怒りと嘲笑だった。生活に余裕があるからそこそこの値段で折り合っているわけじゃないんです。誰だって必死に切りつめてるんだから。やりとりのキャプチャー画像はよその掲示板にも回り、「オークションに出没、クレクレママ」という刺激的なタイトルで、検索サイトのメイン画面のトピックス一覧にも上がった。

確かに『魔法のうちわ』シリーズの定価は十二万ウォンだが、それは表向きの価格で、実際は中小卸売の安売り競争により七万ウォン前後で売買されていることをギョウォンは知っていた。ということは出品者のほうこそ、開封済みで一度でも人の手に渡った物を実際の取引価格のまま、お譲りします、とやってたってことじゃないか。どれだけ新品の服でも、包装をとった瞬間に中古扱いになるというのがギョウォンの基準での常識だった。そういう裏事情を誰も知らないとなれば、確たる事実はやりとりされたコメントだけということになるが、それだってギョウォンには反論したいことがあった。該当のやりとりは続きの部分がカットされているのだ。

——あ〜、それはちょっとむずかしいです。これを売ったお金で別の全集を買おうと思ってたんで、すいません。

——いいえ、大丈夫です。ぜんぜん気にしないでください。今日も一日お元気で。

——はい。そちらも素敵な一日を。いい商品が見つかりますように。

無理と言われた商品にしつこくすがったわけではなく、その値段で応じてくれる人だってきっとどこかにはいるだろうと、ダメもとの軽い気持ちで一度声をかけただけだ。やりとりだって、明らかにお互いの事情を理解しあうという線の悪くない雰囲気で終わっていたのに、それをいまさらこうして、IDを完全に隠すこともなく攻撃していいものか。だがそのころになると、すでにギョウォンのIDは四方八方で「恥知らず」や「非常識」の代名詞となっていた。キャプチャー画像や書き込みにまた別の匿名利用者が反応し、証言を加えたせいだった。

——あっ、あたしもこの女知ってます。クソママ中のクソママでしたよ。子供の着た中古を買ったらふつう傷んでて当たり前なのに、画像で見たよりもシミが大きくて目立つとかメッセージ連投してきて、結局一万ウォン安くしてやりましたよ。最初送料四千ウォンだけ引きますって言ったのに、ずっと返品しますってうるさくて。そういう手続きを全部してたら大したもうけにならないし、返品の送料までこっち持ちだと、むしろ時間的にも精神的にも損なんで。

——この女、まだ子育てしてたんですか？　サイズの小さくなった未使用の子供用下着を「売ります」って出品したら、肌に触れるものなのに包装がないと本当に未使用品かわからない、着払いの送料のみで商品はタダにしろって言ってきた女ですよ。箱からは出したけどタグは付いてたし、もちろん新品なのに。誰がタグつけたまま子供に着せるかっていうんです。あきれてコメントも返しませんでしたが、あれ、けっこう前のことのような。まだこんなことしてんだなあ。

そんなことがあってしばらくはうつ状態に苦しみ、今もそれほどよくなっていなかったが、カウンセリングや病院での診察を受けようにもお金の入るあてはなかったから諦めていた。そのかわり、自分を知らない相手に向けて、見栄えのする料理やオリジナルのかわいいインテリア雑貨を画像で公開することを唯一の心の慰めにしていた。共同住宅の子供たちと一緒に過ごすようになってからはほとんど一手に料理を引き受け、これまでになく自分が誰かの役に立っていると思えていた。
そんなふうに匿名のネット利用者にケチ呼ばわりされながらも保ってきた体裁、守ってきた日々。それらは一瞬で無意味になった。水漏れの穴は他にあったのに、なんのために自分は、ひたすら日常に走るヒビをそのつど接着剤で塞いで暮らしてきたのだろうと、ギョウォンはわからなくなった。それまでヨサンは、どんなかたちであれまとまった金額を不定期に給料として家に入れていたが、四カ月前から、ギョウォンが生活費をせがんだときにだけ、ちょこちょこ数十万ウォンずつ封筒に入れて渡すだけになった。そんな小遣いみたいな金額では到底家計を回すことはできないと、ギョウォンは義姉に直訴の電話をかけた。そこで耳にしたのは、家族経営の会社がとっくに不渡りを出していて、その渦中で義姉の夫が会社の資金をかなり使い込んでいたことがわかり、刑務所送りになり、ヨサンはその事態を避けようと奔走して自分の分の給料をすっかり義姉のために使い、その一連の出来事を、今に至るまで親戚たちはギョウォンにだけ内密にしていたということだった。

「……キレて当然でしょ? 入ってくるお金なんてたかが知れてるのに、いったいいつまで隠しとおせると思ってたんだか。簡単に言えば、一族でグルになってあたしをバカにしてたってことじゃないですか」

子供たちがふわふわの滑り台を上ったり下りたりして歓声を上げる様子をずっと目で追いながら、カン・ギョウォンはそう言った。つぶやくような声を聞き、他人事のように淡々と話す横顔を見つめながら、ウノは何をどう答えたらいいかわからなかった。わずかな金を妻にもらって毎月やりくりしている夫、ロケ現場での日払い仕事でかろうじて延命してはいるものの、もはや映画については苦境とか挫折の域を越え、断念する一歩手前まで来ている自分は、形式的な慰めを口にできる立場でもない。

「すいません、久しぶりに外に来たのに、こんなうっとうしい話なんかして」

「いいえ、そんなことまったく気にしないでください」

聞かせる言葉はないから、せめて精いっぱい聞こうと、ウノは心の中で結論を出した。

「聞いてるより話す人のほうがつらいでしょう。気にしないで、言いたいこと全部吐き出してください。そしたら、子供の前でも笑顔でいられますよ」

「ありがとうございます。でも、もうこれ以上お話することはないんです。いつか結論を出さなくちゃって、それぱっかり思ってるんですけど、そうするとあちこちのローンのこととか子供のこととか気になっちゃって。ほんと、頭が痛いです」

苦笑いを浮かべるギョウォンの頬の肉が下にたるむのを見て、ウノは体を起こした。

「あの、喉、渇きませんか？　なんかちょっと子供たちの飲むもの買ってきますよ。えーっと、レジは、と」

「大丈夫ですよ。飲み物とお水はたっぷり持ってきてあるので、もうちょっとして子供たちが戻ってきたら出します。今じゃなく」

カン・ギョウォンは相変らずウノとは目を合わせないまま、リュックをぱんぱんと叩いて見せた。なぜカバンを開けないのだろうと不思議に思ったちょうどそのとき、向こうのテーブルで、アルバイトの若い男性店員がひどく困った顔をしながら女性のグループに協力を仰いでいるのが見えた。当店以外の飲食物は持ち込み禁止なんです。全部カバンにしまっていただけますか。

見ると、女性たちはそれぞれの子供とキッズカフェに来ていて、他の売場から買ったハンバーガーやのりまきを広げ注意されているところだった。リーダー格と思われる女性が笑顔で答える。もう少しで食べ終わるから、ちょっとだけ待ってもらえます？　ナプキンとかゴミとかもちゃんと片づけますから。一回だけ目をつぶってくださいよ。ね？　ウノは心の中で舌打ちをした。いやいや、ゴミを片づけるかどうかの問題じゃなくてさ。アルバイト学生は溜息をつき、とにかく早く見えないようにしてください、ぐらいの消極的な警告を残してその場を立ち去った。

社長や店主に見つかれば業務怠慢と叱られるのはアルバイト学生のほうだった。こういう場所では入場料をとられたあげく、何か飲み食いしたいときはここのカフェで売られている、高いばかりで味も量もいまいち、こちらの好みは全くおかまいなしの物だけというのがお約束なのであり、だからあちこちに目立つように「外部飲食物持ち込み禁止」と書かれたアクリル板が貼られているのだ。それなのに、こういう場所ってまともな食べ物がないからと――みんなそれに気づかないバカだから、こんな費用対効果の悪い場所でお金を落としているわけではないのだが――ためらいもなく、平然と外の物を持ち込み、これ見よがしに広げる人々というのもこんなふうに存在する。きまりを無視し、バイト学生をはじめとした他人に迷惑をかけても、それを些細なことと流せる人間というのはいるのだろう。女性たちはそれでも最低限の教養と羞恥心は持ちあわせているらしく、バイト学生の顔色をうかがいながら首をすくめ、手にしていたものを大急ぎで口の中に押しこみ、一方ではアルミホイルやらビニールやらを集めてカバンに仕舞いこんでいた。やってはいけないと言われてもついついやってしまう人というのは、どこにでもいるものだ。

そして、たとえ食事ではなく小さな飲み物であっても、まもなくカン・ギョウォンがやろうとしていることはそれと全く同じだと気づき、ウノは顔がサッと熱くなった。これまで聞いた話からしてカン・ギョウォンならやりかねない。ウノは全集には関心がなかったし、シユルも公立図書館の本をあれこれ読んで大きくなったから、裏事情など知るよしもなかったが、それでも、定価十二万ウォンであれ七万ウォンであれとりあえず三万ウォンと無茶を言うカン・ギョウォンの思考回路は、明らかに理解を超えていた。子供のためというのを口実に、小さなことから一つ、二つと無理を押し通し、結果、恥というものを忘れてしまう人間は、こんなに多いものなのか……。

そこまで考えてウノは、飲み物も含め、今日のコースを全面的に自分が払おうという結論に達した。誰かに優しくされる感覚、純粋に自分のためにお金を使う喜び、完全に自分専用のものとして提供される何かが、日々の生活にどれほどの活力や変化をもたらしてくれるものか、カン・ギョウォンはもっと頻繁に体験しなくてはならない。それよりなにより、あとで彼女にピザを買うのを任せてしまったら、味や品質は二の次で当然一枚買うともう一枚おまけがついてくる商品を選び、さらには特定のチーズを抜こうとしたり、トッピングにいちゃもんをつけて値下げを試みたり、オプションにないサイドディッシュをおまけにつけてくれと言いだしかねない不吉な予感が先に立ってもいた。

本来の日程なら、今日の夕方までヨジンとシン・ジェガンは一緒に共同住宅に戻る予定だった。ヨジンは土曜も薬局勤めがあるから、明日土曜の出勤途中にシン・ジェガンをホン・ダニの実家へ行きやすい地下鉄駅で下ろすことにしていた。彼と一家は日曜の夕方に一台の車で戻ってくるという計画だった。

だがヨジンは迷った末、昼休みが終わって少ししてから、薬剤師の女性にいつもより二時間早く上がらせてほしいと頼んだ。早退のいい言い訳を思いつくのに時間がかかって言い出すのが遅くなったが、薬剤師の女性は特段理由を尋ねることもなく、もうちょっと早く言ってくれたらよかったのに、と若干嫌みっぽい言い方をするだけだった。

どのみち隣接のメディカルビルで夜間診療を行っている病院は数カ所だけだし、それもほとんどが木曜だったから夕方遅い時間帯の患者は大幅に減ることは減るのだが、ひょっとすると薬剤師の女性は、もうヨジンのことを必要としていないのかもしれなかった。ヨジンが四年、薬局は八年、この場所でがんばってきたが、その間も地代は毎年うなぎ登りで、薬剤師からそろそろ潮時かもという話は折にふれ聞かされていたし、その兆候もなくはなかった。もともとがメディカルビルの中の薬局でさばききれない客の待ち時間を減らしてやろうぐらいのつもりで開いた薬局だったから、儲けはいつも似たり寄ったりだが、それに対してメディカルビルに隣接するという立地条件のプレミアム感ばかりが高くつくという。そうでなくても周辺商圏の再開発でもっと大型の新しいメディカルタワーが向かいのブロックに建設される予定であり、いまのメディカルビルに入っている病院も半数がそちらに移転する見込みだというから、薬局や病院に与える打撃は小さくないはずだった。

そんなわけで、たとえ儲けは少なくても、いっそ町の薬屋さんとしてやっていくほうが気が楽かもしれないと、彼女はよく口にしていた。あんただって通いやすい近所に勤めたほうがいいよ、距離も時間も食うしガソリン代もかかるから大変でしょ、トントンになっちゃって、とヨジンにも声をかけた。言われたときは単に、するすると昇給させられず、三年間最低賃金レベルの給料で据え置きにしていることが心苦しいのだろうぐらいに思っていたのだが、考えてみれば今の薬局をたたむ計画もないとは言えない。いくらもっと大きなメディカルビルができてもそれまでの所に残る病院もないわけじゃないんだし、病人はどこにでもいつでもいるんだし、どのくらい患者が離れるかなんて大した問題ではないだろう、すぐにどうにかなることはないはずだと高をくくっていたヨジンは、自分の考えがどれほどお目出たかったかに気がつき、同時に、こんなちっぽけなスケールや考え方でしか生きていけない自分とウノは、一生お金とは縁のない星回りなのだとも思った。

薬局の運命がどちらに転ぼうが、ヨジン自身はいつ退場を言い渡されてもおかしくない立場だったが、いま大事なのはそのことではなく、すぐ目の前に迫った事態をどうくぐり抜けるかだった。後でどうなろうと知ったことではない。薄っぺらい人間関係やバツの悪さのようなものも、紙をくるくる丸めるみたいにして頭の中から放り出した。共同住宅の住人に今日の発作的な行動をどう説明するか、きっちり考えがあったわけでもない。いまこの瞬間に、たとえチラリとであってもそんな心配をしている自分を軽蔑したくなるし、そうなると自分の家に属しているすべてのもの、作り置きおかずやスープの鍋、テーブル、おもちゃ、教材といったありとあらゆるものが、それぞれの場所でこみあげる自己嫌悪をもてあましているようにも思えてくる。

今日シン・ジェガンがヒッチハイクをしようが、どこかから借金をしてタクシーをつかまえようが、そうやって帰宅しようがしまいがヨジンには関係のないことだった。彼からの電話には出ないしマナーモードも切ってしまうから、彼はわざわざ薬局までやって来てヨジンの不在を知り、大慌てするだろう。でもそんなことはおくびにも出さず、約束を破られた狼狽のかけらも見せず、そのままホン・ダニの実家に向かえばいい。そして予定より一日早く到着したよい父親、誠実な婿殿という姿をホン・ダニの身内に拝ませてやればいい。そんなことまでヨジンが悩んだり、お膳立てしてやる理由はなかった。

何日か迷った末に注文した録音機は到着までまだ数日かかりそうだったが、シン・ジェガンが今朝の出勤のとき発した言葉と仕草は、もはやヨジンが笑って聞き流せる線を越えていた。もちろん彼は暴言を吐いたり不快なことを言ったわけではなく、あえて分類するなら褒め言葉にあたるものだったから、ヨジンとしては多少躊躇せざるを得なかったのだが。

——これ、ボクの担当するお客さんが、海外に行ったからって免税店で買ってきてくれたんですけど、使ってください。ヨジンさんの肌のトーンにぴったりだと思ったので。

——私に、ですか？　とんでもない、ダニさんにあげてください。なんで私なんかに。

——ダニはこれよりワントーン暗めなんですよ。決まったメーカーのものしか使いませんしね、けっこううるさいんです。

——ありがたいですけど、私がいただいちゃっていいのかどうか。アラを隠すものが必要は必要なんですけど、これは高そうですし。

——どっかのスーパーでもらった景品やサンプルだと思って気楽に使ってくださいよ。ボクだってタダでもらったんですから。でも、いつもアラなんてまったく目につきませんよ。スタイルもいいし。前にも言いましたけど、かわいいです。

ヨジンは、自分の心の最後の領域だけは開放するものかというように、慌てて否定した。

――まさか、どこがですか。室内にばかりいる仕事だから服も適当ですし、そんな……。

彼の言うとおり、出産経験があり、育児と家事の慢性的な疲労をためこんだ同世代の女性たちに比べると、ヨジンはシミや肌トラブルがほとんどないといってよかった。特に気を使わなくて済む体質や体型は生まれつきで、ヨジン自身、たまにそのことを人生最大の幸運だと思うこともあるが、四〇を過ぎればその程度の利点は徐々に衰えるだろう。現に今の生活でも、ルックスで得をしたりいい勤め先が見つかることはないから、無用の長物ではあった。せいぜい、化粧品や各種サプリといった美容関係の出費が抑えられるぐらいが現実の暮らしでの実用的な部分だった。

割りのいいバイトなら選り好みせずにやっていたころのヨジンは、スタジオ番組の観覧客や映画のエキストラのなかでは目立つほうで、アップになったキャプチャー画像がネットの掲示板に出回ったりもした。だがさらに上を目指すには身長も顔も中途半端であることをわりと早い段階で気づいたから六、七回やってやめ、結局、残ったものといえば解答用紙が破り捨てられたようなウノとの日常とシユルの存在だけだ。シユルがいるから、自分の人生は完全に難破したわけじゃない、そう言い聞かせて耐えてはいたが、どんなに努力してもヨジンの薬局勤めだけで家族三人が食べていくのはきびしく、ヨジンはたまたま祖父が残してくれた数通の通帳の預金を取り崩し、なんとか生活を回している状態だった。

現場をかけずり回って多くの俳優を見慣れていたウノは、短い恋愛期間の最中、街でそこの美人と出くわしても牛や鶏を眺めるような感じだった。シユルが生まれ、仕事と育児でやつれていくヨジンに「かわいい」という言葉をかけなくなってからもかなり経つ。ひょっとしたらそのせいで、シン・ジェガンが発した聞きなれない言葉が耳元に残り、回復不可能なほど破壊されていたヨジンの自尊心のかけらを刺激し、修復させ始めたのかもしれない。ヨジンが、口では精いっぱい否定しながらも抵抗感が薄かった理由の半分は、そのあたりにあった。

——ありがとうございます。じゃあ何かお返ししなくちゃいけませんね。こんな高価なものは無理ですけど、今度お食事でも。

——今日にしましょう。

——はい?

こういうものをもらったときによく言う社交辞令にシン・ジェガンがパクッと食いついた瞬間、ヨジンの両手が握っていたハンドルがグラッと揺れた。

――いえ、私が言ったのは、今度うちの家族やダニさん、お子さんたちと一緒にって意味で……。それだと、他の二軒の目が気になりますか。

――いきなりなんの理由もなくボクらがホームパーティをしたらおかしいですし、今日はダニが子供たちを連れて実家に帰ってますから、今日がいいでしょう。薬局が終わるの、いつも通りですよね？

――今日急にっていうのは、ちょっと。

――ボクがごちそうしますから心配しないでください。

――いや、それじゃますます話が変ですよ。もともとの理由は……

感謝の意を表すための席なのに、シン・ジェガンに夕食をおごられては本末転倒だし、おまけにそんなふうに突然二人きりでというのはちょっと違う気がした。彼の言葉にひそむ、二人きりという秘密めいた、隠密めいた状況への推進力……悪くいえば強引さが、親密さや親近感という外皮を突き破って顔を出し、ヨジンの心臓は早鐘を打ちはじめた。

――ボクがヨジンさんに食事をごちそうしたいのに、それが理由じゃダメですか？　ボクら、これまでただ会社と家を行き来するだけで、じっくり食事したことなんて一度もないじゃないですか。ちょうどいい機会ができてよかったですよ。

そもそも、なぜ自分たちがじっくり何かをする必要があるのだろうか。これまでだって化粧品だランチだと小道具を使っては、擦りきれそうなくらい慣れ親しんだ日常の片隅に、多すぎるほどの不安要因を放りこんできたじゃないか。ヨジンは聞き返したかった。

——ともかく、約束しましたよ。夕食を食べて帰るだけなんですから、そんなムキにならないでください。ヨジンさんも家族が待ってるんだし、それ以上何かをする時間もないですよ。

それ以上、何か。

待っている者がいなかったら、万が一ウノもシユルとどこか遠いところに遊びに行っていて不在だったら、その後に何をするつもりだったのだろう。省略された言葉の向こうに散らばる可能性が、ヨジンの内側を不安げに刺激してくる。思えば彼の言葉は、ヨジンが確信に至るのが遅かっただけで、いつのまにか隣人の妻への愉快なジョークという域をはるかに越えていた。

——あの、後で話しましょう。とりあえず、今は運転中なので。

——もう着いてますよ。

そう言われてジェガンの会社の前まで来ていることに気づき、ヨジンはあわててブレーキを踏んだ。つんのめった反動で体がシートにあたり、どすんと音がした。

——あとでメールします。食べたいもの、考えておいてくださいね。

シン・ジェガンはいつもどおりの笑顔を見せると、軽快な足取りで会社の建物へと消えていった。その後ろ姿をぼんやり見つめながら、ヨジンはいまさらのように首を振った。やだ、ちょっと待って、話を勝手に進めないで……。時計を見ると、今日に限って道が混んでいたらしく薬局の開店時間ギリギリで、後を追う余裕はなかった。なにより人の会社の建物の中まで追いかけていって引きとめ、頑なな態度で、今日はお食事をご一緒するのに適当な日だとは思えませんし、二人きりで過ごすというのも不適切ですので、なしにしましょうと宣言して確約を迫ったら、出勤してきたスーツ軍団に怪訝な眼差しで見られるのはヨジンのほうだった。ブレーキからゆっくりと足を離したときにはじめて、ハンドルを握る自分の手が汗で湿っていることに気づいた。

極めつけは、薬局に着いて客の少ない時間にあれこれ検索し、その商品が仁川《インチョン》空港の免税店では扱いがなく、一部デパートのセレクトショップにのみ置かれた限定品だとわかったことだった。それを知ってヨジンはますます黙っていられなくなった。

商品の写真をホン・ダニに送って一部始終を打ち明け、相談しようかとも思ったが、そんなふうに正直に告白したところでホン・ダニが夫ではなくヨジンの味方をするようには思えず、たとえ同じ女性の立場からちょっといかがなものかと思い夫を追及したとしても、状況に応じてうまいこと言う話術や臨機応変に態度をかえて有利に持ちこむテクニックをシン・ジェガンは少なくとも二〇種類は身につけていそうだった。どの手を選んでも、共同住宅の男性陣からは神経質で面倒な人と思われ、女性陣からは変わり者とかよその旦那を誘惑する女とか、根も葉もないイメージが固まってしまうはずだ。

そんなふうに思いをめぐらしているさなかにも、ヨジンはシン・ジェガンが薬局に無駄足を踏まないよう、とことんまで気をつかった最後通牒を送った。

「今日は薬局には来ないで、まっすぐダニさんのご実家に行って週末を過ごしてください。お食事の話はなかったことにしましょう。私の基準ではどう考えても不自然ですし、ダニさんにも失礼だと思いますので。さっきいただいた免税品、ではなく限定品もお返しします。どうか気を悪くされませんよう」

そしてヨジンは、マナーモードからサイレントモードに切りかえて携帯電話を裏返し、シン・ジェガンから次々と送られてくるメッセージの内容を確認しないまま放置していた。

できれば余計な雑音が入らない状態でこの話を終わらせたかったし、品物も人目につかないところで返すつもりだったが、後でふとしたはずみからホン・ダニがこのことを知ったり、居直ったシン・ジェガンが作り話をしたりしてとんでもないストーリーを広めないとも限らないから、あらかじめウノには今までのことを伝えておく必要があった。他人と揉めている最中に一足遅れて知ることになったら、たとえヨジンが同じ立場でも不信感を抱いたり、事情のあるなしは別として最低限裏切られたという苦い思いは残るはずだった。むしろ先手を打って話しておけば、ウノは意外とあっさり、そうだったのか？　変なヤツだな、ひとんちのカミさんになんのつもりだよ、なるべく顔を合わせないようにしようぜ、これからはオレも注意しとくからさ……ぐらいの反応を見せて終わるだろうが、耳に入るタイミングが遅くなればなるほど、結果としてヨジンに矛先が向くかもしれない。なんで大事《おおごと》になるまで黙ってたんだよ、実はおまえもまんざらじゃなかったんじゃないのか……後ろめたいことが一つもないことはいくらでも証明できたが、それとは関係なく、そんな疲れる展開だけは避けたかった。

だから、ホン・ダニ夫婦のいない今日のうちにウノに話しておくつもりで、ヨジンはアクセルを踏んだ。誰かとの夕食の約束を反故にしたいばっかりに職場を早退までするなんて誰が見てもやりすぎだろうし、そういうやり方ではなく、シン・ジェガンとさらにメッセージを送りあい、先方から「きっぱり諦める」という言質をとるスタンダードな方法もありえただろう。だが、以前シン・ジェガンが薬局の中まで踏み込んできたことを考えると、今日ヨジンが何度拒絶しようが自分の意志が尊重されるようには思えなかった。相手は、勝手にやって来て人を驚かせることをサプライズ程度にしか考えていないかもしれなかった。

共同住宅のエリアが近づくと、どこの農家から流れてくるのか動物の糞尿の臭いが車内に入りこみ、ヨジンは窓を閉めて息を殺した。車用ミニ芳香剤のフローラルブーケのかすかな香りではほとんど消臭の役に立たず、両極端な二種類が混ざりあってますます奇妙な悪臭になっていた。空気中に分散した強力な粒子が、ささやかな幸せや安らぎといった、本質的には偽善に近い肯定的な文句を押しやり、そこを有機質の臭いで満たした。

最初に書類を交わしたときにはっきりと、エリア中心部から五キロ圏内には畜舎や工場の煙突、ゴミ処理場といった施設がないと聞いていたのに。これほど頻繁に悪臭がすることが、ヨジンにはときおり気がかりだった。ふだん共同住宅の周りで直接臭いを嗅ぐことはなかったし、ウノやシユルも、離れた渓谷までみんなで散歩に出かけたときたまに嗅ぐ程度だと言っていたから、臭いに苦しめられているのは主にエリア外に通勤する人間のようだが、一度や二度でないうえにそのつど呼吸が苦しくなるし、頭も重くなる。そのせいで、日々の暮らしの規模や属性をみきわめ、それを維持するための費用を割り出す意欲を失ってしまうこともたびたびあった。何かひどい目に遭ったわけでもない、たかが家畜の糞尿の臭いが押し寄せてくる程度のことで。牛や豚だけではなく、生きとし生ける者はみな、排泄物を体の外に出すのがあたりまえなのに。そう考えると、黄金色の草原や風にそよぐ緑の木の葉、低く浮かぶもくもくした雲といった光景は印刷物のなかだけのことで、実際に生々しい現実として人に残るのは、目に見えない悪臭だけかもしれないという全体的な無気力に襲われた。

まだ臭いの勢力圏を抜けきっていないのに、それでなくても二週間ほど前から調子が悪かった中古車が道の真ん中でガタガタいいはじめた。嫌な予感がしてできるだけ路肩に寄せて駐車し、音に耳を傾けた。停まっているあいだもエンジンは怪しげな音をどんどんボンネットの外に吐いている。ヨジンはエンジンを切って五分ほど待った。その上で何度かエンジンをかけてみたが、かからなかった。

いかれちゃったか。

保険会社に電話をすると、今現場に急行できるスタッフはいないから二時間ほど待ってほしいという返事だった。その頃にはすっかり日も落ちて夜になっているだろう。もちろん、小さな車で大した保険料も払っていないから、人里離れた農村まで快くかけつけてくれるとは思っていなかった。家まであと一キロなのに、なんてことだろう。大体の約束の時間を決めたが、保険会社のスタッフが時間通りに到着するようにも思えず、ヨジンはいったん家に帰って連絡を待つことにした。それまでにこの道を通る車はほとんどないだろうし、たとえあったとしても路肩にぴったり寄せてあるから、そこそこのトラック一台通り過ぎる分には支障はない。車なしで歩いて帰るたった一キロの道のりも、追う人はないと知りながらヨジンは何度か後ろを振り返った。逃避行のように足を早めるうちに、鼻の奥にからみついていた臭いは少しずつ消えていった。

住宅の入口に足を踏み入れたとき、安堵感とともに、めったにこんな時間に帰ることがないせいだろうか、妙によそよそしい空気を感じた。なんの活動をしていて、子供たちはこんなに静かなんだろう。もちろん今日は子供のうちの三人ほどが欠けているうえに、今はそれぞれの家で夕飯を食べたり遊んだりしている時間帯だけど。それでも、夜に帰宅して駐車場に車を入れていると必ずといっていいほどどこかの家から一人二人子供の泣き声や駄々をこねる声が聞こえていたことを思い出し、ヨジンは自然に笑顔になった。たとえいいことがあって早退したのでなくても、いつもより二時間ほど早いヨジンの帰宅に、ウノとシユルは喜ぶだろうか、驚くだろうか。二人はもう食事中だろうな。そう思うと緊張が一瞬でほどけ、急に空腹感が押し寄せてきた。オーガニックや手作りでなくて全然いい、ごはんにキムチと目玉焼きを混ぜて、そこにごま油と醤油をひとたらしするだけで十分なんだけど。パックのごはん、いくつ残ってたっけ。

そのとき、どこからか熟したザクロの実が爆ぜるような笑い声が風に乗って聞こえてきた。合間合間に低く豊かな声量の声。無意識のうちに足音を殺して、ヨジンは音のする方へと向かった。例の、どっしりと重厚なハンドメイドの食卓に人が集まっているらしい。もう冷えこんでくる頃なのに、あんなところでみんなで夕食をとるっていうのもよくわからないけど、今日はわりとあったかかったからかな。本当ならウノだけを呼び出して一刻も早く事の次第を伝えたいところだが、自分が乱入して場の空気を壊していいのかどうかもわからないから、ひとまずヨジンは近づいて様子をうかがうことにした。ソン・サンナクやコ・ヨサンが来ているようなら、いつもとかわらない態度をとり、笑顔で挨拶を交わそう……何もなかったかのように。決してシユルが母親の顔を見上げて心配したりしないように。一歩ずつ進むヨジンの足のスピードが、次第に落ちていった。カン・ギョウォンは最近体調が悪かったはずなのに、人数が少ない今日に限ってどれほどたくさん料理を作り、夕食まで準備したんだろう。近づけば近づくほど、チーズやさまざまな焼き野菜や肉の、濃厚で温かな気配が伝わってくる。これって……パスタ？　ピザ？　どこの家にも石窯はないはずだし、まさか、冷凍ピザとかを買ってきて電子レンジでチンしたの？　ホン・ダニに負けず劣らず環境に配慮し、手作りに命を賭けているあのカン・ギョウォンが、そんな出来合いのものを用意するはずはないけど。

ときおり聞こえてくる言葉のかけらが、ヨジンの耳元に引っかかっては落ちていった。カン・ギョウォンのよく通る笑い声のあいだで、ウノの話す割合が増していく。ヌーベルヴァーグがどうのこうの……ジャン・リュック・ゴダールにフランソワ・トリュフォーが……五月革命となんとかの分岐点と……その後、侯孝賢《ホウ・シャオシェン》やエドワード・ヤンといった固有名詞に話は弾み……いったいあの人はなぜ、子育て中の隣んちの奥さんを前にして、こらえきれずに自分の唯一の切り札を切っているのだろう。調子づいているのは、客席に座ってあの人の知ったかぶりに賛辞を惜しまない聴衆がいるからだろうか……そんなことを考えているうちに、ヨジンはハンドメイドの食卓に並んで座る彼らの前へぐっと近づいていた。

「あれ、なんで今日はこんなに早く帰ってきたんだ？」

「まあヨジンさん、戻ったのね。そうとわかってたらもっと頼めばよかった」

他の男性はまだ帰宅していないらしく、食卓にはウノとカン・ギョウォンの二人きりだった。

「座ってください。お夕飯まだですよね？　上に行けば手つかずのがあるんです。もうちょっとしたら一緒に行きましょう」

おそらくは遠くに離れて座ると食事がしづらいからだろうが、二人は向かい合ってではなく、横並びに座っていた。どこからか買ってきた、ボール紙のパッケージに入ったピザ数切れを前にして。

食卓があまりに巨大で横幅のある大家族用だから、たとえ肩が触れ合うほどくっついて座ることが不自然であっても、横に並んだほうが食事はしやすかったろう。ピザみたいなものだって買おうと思えばいくらでも買って食べられる。ヨジンも、飽和脂肪酸でいっぱいの脂っこいデリバリーの食べ物をシュルに味わわせてやりたい衝動にいつも駆られるし、引っ越してくる前は数十回以上そうしていた。それに、昼のほとんどを不在にしているヨジンには、彼らが丸一日何を子供に食べさせようが何で遊ばせようが口を出しづらく、ピザの上にたっぷりかかったチーズがオーガニックかどうか問いつめるような真似もしたくなかった。

だけど。

「子供たちをどこに置いて、ここに二人でいるんですか？」

頭にはそのことしかなかった。シュルがまた子供二人の面倒を一人で見させられているということか？　ウノがあっけらかんと言った。

「ああ、セアは寝てて、シユルとウビンの二人はギョウォンさんの家の台所で食べてるんだ。一緒に外で食べるかって聞いたんだけど、いやだ、中にいるって言うからさ」

その間に今度はウビンが暴れたり、ピザを咥えたままイスをがたがたさせて後ろにひっくり返って頭でもぶつけたら、そんな事態をシュルにどう対処させるつもりでここにいるのか、まさか、帰宅した他の男たちはそれぞれの自宅で過ごしているのか……そう問いつめるには、二人きりでここにいる状況は妙にのどかすぎたので、ヨジンはウノを無視してカン・ギョウォンに質問を続けた。

「でも、もともと子供たちの活動はお夕食前までじゃありませんでしたっけ？　いつから夕ごはんも一緒に食べることになったんですか？」

するとウノが、カン・ギョウォンの援護でもするようにまた割り込んだ。

「ああ、だからさ、今日だけ特別なんだって。ママさんたちも子供たちもそれぞれいろいろあって休む人が多かったからさ、僕らだけでタクシー呼んで、キッズカフェに行ってきたんだよ。子供たち、マジで楽しそうだったぜ」

そういうことも十分ありうるだろうし、いつも判で押したような日常を送る子供たちにとってはこの上なく楽しいイベントだっただろうし、近場にタクシー一台で出かけたら往復の交通費もソウルに出るより安上がりだっただろう。だが、メンバーの約半数が欠席しているときに、みんなで出しあったお金で遊びに行っていいという事前合意は、ヨジンの記憶する限りなかったはずだ。

「タクシー代のレシートとかは全部もらってきてます。あとで精算して、みなさんが帰ってきたら、これこれこういうふうに使いましたってちゃんとお伝えしますから。このお夕飯の費用も」

ヨジンの表情をどう受け取ったのか、やっとカン・ギョウォンが説明を始めたが、ウノが激しく手を振った。

「いやいや、何言ってるんですか。僕から先に出かけようって言ったんですから、今日は僕のおごりに決まってますよ」

「でも、タクシー代にみんなの入場料にピザまで、今日はずいぶんカードを使わせちゃってますし。事前にヨジンさんの許可もとってないんですから、それはちょっとよくないと思うんです。ダニさんが戻ってきたら相談して、後でお支払いします。でも確かに全員ではなかったけど、うちの子たちにだって楽しむ権利はあるし」

その短いやりとりからヨジンはいくつかの情報を得た。そういうことね。今日はこの人が全部おごったわけね。ヨジンは、シン・ジェガンのメールを確認したくないばっかりにずっと携帯電話をサイレントモードにして一度もひっくり返さないままでいたが、保険会社に電話をしようと携帯電話を見たときはじめて、「本日のカード使用明細」という通知メールがたまっていたことに気づいたのだった。

「そ……その話は後にして」

食卓の上に置かれていたナプキンの束が風にあおられて飛んでいくのを眺めながら、ヨジンは言葉を続けた。

「とりあえず、子供たちがどうしてるかを確認しないと」

散らばったナプキンを集めようと体を起こしながら、カン・ギョウォンがさらっと言った。

「ええ。あたしはこれを片付けたらすぐ行きますから、先にうちに行っててください。玄関の暗証番号は……」

カン・ギョウォンの家の玄関ドアの暗証番号など、どんなルートからも理由からも知りたくないという思いを嚙み殺し、ヨジンはきびすを返して階段へ向かった。


ともかく、言われた通りに六桁の数字を入力して玄関ドアを開けた。布団を半分ぐらい蹴とばしたセアはいびきまでかいてリビングのラグの上で眠っており、ヨジンが何千とあるパターンの中からなんとなくイメージしていただけなのにもかかわらず、本当にウビンはテーブルのイスを背中と足で危なっかしくがたがたと揺らしていた。口には何も咥えていなかったものの、脂で汚れた両手にはミニカーが握られ、テーブルをサーキット場に見立ててのレースごっこの真っ最中だった。テーブルの上では何口か囓ったきりのピザ数切れがパッケージの中で冷たくなっているところで、ピザにまぎれて本物の転覆車両のように一台のミニカーがひっくり返っているのを目にして、ヨジンはギクッとした。

転ぶ前にあんな恰好をやめさせなくてはと思いながら、ヨジンはまずシュルがどこにいるのかを目で探した。シュルはもう自分の分は食べ終えていたらしく、テーブルではなくて客間のローテーブルに突っ伏していた。

「シュル」

母親の声にシュルはすぐ顔を上げ、床を蹴ってヨジンの胸にしがみついてきた。

「ママ、早くいこう。おうち帰りたい」

その短く切実な言葉に、ヨジンはこの間何があったのか聞かなくてもわかる気がした。必ずしも何かなかったとしても、まだ幼いシュルにとっては世の中のすべてが「何か」になりえ、それがこの小さな体に重すぎる負担になっただろうということも。

「わかった、行こう。おうち帰ってねんねしよう。ママが悪かったね」

なにが、どうして、なぜ悪いのか、自分でもきちんと説明できなかったが、そうつぶやいた瞬間、ヨジンの胸にわけもなくこみ上げてくるものがあった。眠い目を擦るシュルを抱きあげ、ヨジンはウビンに近づいた。

「ウビンくん、おばちゃん行くね。転ばないように気をつけるんだよ。わかった?」

ウビンの返事を聞き終える前にヨジンは玄関に行き、足先で靴を探して履いた。口で注意を促したから、大人として最低限の務めだけは果たしたとはいえ、ヨジンは我が子を抱くので精いっぱいで、ウビンまで安全な床に下ろしてやる余力はなかった。玄関ドアを開けると、ちょうどやって来たウノと出くわした。

「おう、行くか。迎えに来たんだ。シュルはオレが抱っこするよ」

カン・ギョウォンは片付けに手間どっているのだろうか。それとも、ヨジンさんが気を悪くしたみたいだから、早く追いかけたほうがいいわよとウノを急かしでもしたか。

「いいの。どいて」

言ってしまってから両手が自由にならないという現実的な壁にぶつかり、ヨジンは溜息をついた。

「何かしたいんなら、シユルの靴とコート、持ってきて」

妻の剣幕に無意識で体を引いたウノの脇を、ヨジンは冷ややかな風を起こして通り過ぎ、先を歩いた。

そっと体から引き離して布団の上に下ろすと、シユルは目をつむったまま二言三言聞き取れない寝言をつぶやいて、そのままとろとろと夢のなかに落ちていった。後を追ってきたウノが玄関ドアを開ける音、家に入りシユルのコートをリビングのテーブルに下ろす音が聞こえる。

「シユル、寝た?」

ヨジンは振り返らず、首だけで肯いた。

「今日なんで早かったんだ? シン・ジェガンさんと一緒に帰るんじゃなかったっけ?」

実際そのことを話したくて早く戻ったのに違いなかったが、もはやヨジンの頭の中では、どんな考えもはっきり像を結ばなくなっていた。返事がないとわかると、堅い壁に刻まれたレリーフのごとくヨジンの後ろに立ちつくしていたウノが、少しためらいがちに口を開いた。

「何があったか知らないけどさ、ってか、薬局でクレーマー以外に何かあるはずないと思うんだけどさ、その、ちょっとギョウォンさんもいる前であういうピリピリした態度ってのはどうなの？　オレの立場がないよ」

そこではじめてヨジンは振り返り、ウノを見た。

「カン・ギョウォンさんと、何の話であんなに盛り上がってたの？」

ウノが呆れたように吹き出した。

「おいおい、つまんないことでヤキモチかよ。まさかとは思うけどさ。ギョウォンさんが大学のとき映画サークルだったたって言うから、いろいろしゃべってるうちにわりと話が弾んで、時間が経つのに気がつかなかったんだよ。ここだけの話だけど、正直、おまえがギョウォンさんに妬くとはね。彼女の図体見ろよ。嫉妬が生まれる余地なんてこれっぽっちもないだろ」

嫉妬や、それに似た単語で説明できる感情ではなかった。確かに裏庭で二人の姿を見つけたとき、理解できない人名やタイトルが行き交っているのを聞いたとき、ヨジンは距離を感じはした。だがよく考えると話していたのはほとんどウノだったから、おそらく彼女だって、静かに話を聞いて笑ってくれる女性が目の前にいてうれしかったはずなのだ。そう思った瞬間、たとえ妻をなだめ安心させる目的で、大げさで心にもない冗談を言っているのだとしても、ついさっきまで自分の長口上につきあってくれたカン・ギョウォンの外見をけなすウノの言葉に、やはり吐き気がこみ上げてきた。

「シユルをああして放っておくくらい、話してて楽しかったんでしょって言ってるのよ」

「シユルをああして？　みんなおとなしく寝てただけだろ」

「自分の目で見たの？　脇で確かめたわけ？」

「泣き声もしなかったし、シユルだってもう大きいのに、何が心配なんだよ。必ずべったりひっついて見てなくたっていいじゃないか」

「シユルはそれでもいいかもね。でも、よそのうちの子は？　あの子たちはまだちっちゃいのよ。何があってもおかしくないの。セアは本当に一度も目を覚まさなかったと思う？　シユルがもう一回寝かしつけようとして、お布団かけたり抱っこしてあげたんじゃないの？」

「そんなのは後で聞いたらいい話だろうが。なんで今日に限ってそんなにイラついてんだよ？　こういう構造の住宅で、よそんちの子だからってまったく知らん顔はできないんだし、シユルはお姉ちゃんなんだから、そのくらいのことできるだろ」

それまでヨジンの頭の中でかろうじて理性を照らし出していたか細いフィラメントが、プツリと切れる音がした。

「明日からしばらく、父さんちに行ってる。シユル連れて」

「突然、なんだよそれ」

本当に、即興詩でも吟じるように口から飛び出した言葉だったが、一言ずつ区切って言うたびに、声音や滑舌に具体的な重みや計画が重なっていくような気がした。その間、なんの感情的な揺らぎも生じない自分の声にヨジンは自分で驚いていた。

「父さんの家から薬局に通って、シユルもあっちで幼稚園を探す。小学校もそんなに遠くないし」

ウノは呆れたように舌打ちしたが、ヨジンの荒んだ顔に差している翳りや絶望の粒子には最後まで気づくことができなかった。

「いったい何が不満なんだよ。こっちの意見はどうでもいいのか？　だったら何しにこんなとこまで来たってんだよ。忘れたのか？　ここに入居を申し込もうって言ったのが誰かをさぁ」

確かに、募集案内を見つけたのも、ダメでもともとと思いながら申請書類をせっせと準備したのもヨジンだった。ウノははじめからそういう住宅の問題に関心がなかったし、彼の両親は両親で、芸術に打ち込み、シナリオを書くのに苦悩する息子が実生活のさまざまなことに無調法でも仕方がないという考え方だったし、そのときヨジンには何も見えていなかった。

履行義務事項どおりに子供を三人産んで幸せに暮らせるかどうかは眼中になく、ただもう親子三人が安心して落ち着ける場所を求めていた。ボツになったシナリオの束を抱いて嘆いてばかりのウノに見切りをつけ、やぶれかぶれで住居問題の解決に乗り出しただけなのに、それをウノは、ヨジンに責任転嫁しようとしている。

「気分次第でどうこうできることじゃあるまいし、一度入居した家から出るのがそんなに簡単なことだと思ってるのか？　いくら払うことになるか計算してから言ってくれよ。それともあれか？　私はシユルを連れて逃げるから、あとは一人でよろしくってこと？」

事情を知らない人から見れば、愚かな決断だったり血迷った行為に受け取られても仕方ないと思いながら、ヨジンは唇をグッと噛んだ。そういうそっちだって、もしもの場合の損害賠償額がいくらになるか、どうせ知らないくせに。

「いったいなんでスイッチ入っちゃってるか知らないけどさ、少し頭冷やせって。オレだって、最初からうまくいってたと思うか？　ずっと映画の現場でそれなりの人たちとつきあってきて、普通の人と普通につきあうのは楽じゃなかったけど、それでもシユルのためだと思ってがんばってきたんだよ。話の合わないヤツとばっかいるのは、そりゃしんどいさ。まさか鼻歌まじりに楽しく過ごしてたとでも思ってるのか。相手に合わせて、ちょっとずつ歩み寄って暮らすんだよ。ガキじゃあるまいし。シユルは大きいから、ちょっとくらい大変だってことも十分わかった上での選択だろ。それを今さら何だよ、人が見たらどんだけ無責任か。おじゃんにするつもりかよ」

合わせる、歩み寄るというういかにもそれらしい、柔軟な社会的合意を呼びかける言葉が、まさかウノの口から当然のごとく飛び出すとは。予想もしていなかったが、ひょっとしたらこれが共同住宅の趣旨であり、本質そのものかもしれなかった。そしていまヨジンは、その正しくて合理的な本質の上に、自分でもどう判断したらいいかわからない何かが炎症を起こし、さらには腫瘍のように隆起していくのを感じた。

「……とにかく、しばらくあっちにいるから、ほっといて。言われたとおり少し、頭を冷やすから」

他人から見れば無責任で無計画そのものみたいなこの共同住宅への入居も、もとはといえばあんたが家計や育児に全く無関心だったことが始まりなのよと、いまさら誰かのせいにはしたくなくて、ヨジンは最後までそうは口にしなかった。

「お義父さんちじゃなきゃ頭冷やせないのか？　心配かけるだろ。ここの人たちにはなんて言うんだよ。残されたこっちは、おまえの突発的な行動の理由をどうごまかせばいいわけ？」

「じゃあ、そっちが実家に帰る？」

ヨジンが聞き返すとウノは肩をすくめ、しきりに頭を振った。

「あ～、わぁった。勝手にしろ。明日の朝起きて、シユルの顔見てからも同じことが言ってられるか、楽しみにしてるよ」

ウノはイスにかかっていたジャンパーをひっつかむと、玄関ドアを出ながら聞こえよがしに乱暴な口調で言った。

「人がせっかくがんばってんのに、ひとりでイライラしやがって。話になんねーよ」

それだけでは怒りが収まらなかったのか、とうとう大声を張り上げた。

「ちょっとカード使ったくらいでなんだよ。稼いでるからって、偉そうにすんなよ！」

ヨジンは答えなかった。稼いでるからって……。あんなわずかな収入で偉そうになんてできるだろうか。日々の生活にもひいひい言っているのに突然出費がかさんだことが決定的な理由だったのだろうか。まったく影響がないとは言いがたいかもしれない。だが、根本的な原因をそんなしみったれた、幼稚なことに求めていいのだろうか。

「セコいんだよ、オレがそっくり返してやるよ、オレが」

しかし、ヨジンの混乱が収まるのも、説明を始めるのも待てなかったウノはそう結論づけると玄関ドアを出ていった。足音が遠ざかるのを待って、ヨジンは気が変わる前にスーツケースを引っ張り出した。クローゼットの引き出しをかき回し、当面のシユルの服と日用品を床に放り投げる。シユルには申し訳ないけど、おんぶして外まで出て、車に乗せて……はできないんだった。タクシーを呼ばなくちゃ。財布の中の現金を確かめ、携帯電話で今月のクレジットカードの限度額があとどれだけ残っているかをチェックした。ソウルまでのタクシー代はどうにかなるか。父親から借りられる金額は最大どれくらいで、祖父の残した通帳にはいくら残っているか。そんな現実的なあれこれをすべて無視して、ヨジンはわけのわからない問題の根がそこらじゅうに張り巡らされているこの家から一刻も早く出ることばかりを考えていた。あと一、二時間もすればシン・ジェガンが戻ってくるかもしれない。もちろん、悩んだあげくホン・ダニの実家に足を向けた可能性のほうが高いが、万が一このタイミングで彼が共同住宅に現れたりしたら、ますます収拾不可能な場面が繰り広げられるはずだった。

そのとき、手当たり次第に服を取り出していた指先が一つの分厚い書類封筒に触れた。柔らかくふんわりした服と一緒につかみとった異質な感触に、ヨジンは驚いて思わずその封筒を落とし、中身がバラバラと床の上に散らばった。

この家の主となるための申請書類や当選通知、追加提出資料のうち、脇に重要な個人情報が記載されていたもので、いちいち破り捨てるのも面倒だったから奥に突っ込んだままにしていた。もう必要ないんだから捨てればよかったのに、なんとなくそのままになっちゃって、と溜息まじりにパラパラ眺めていると、不意に何かのコピーらしい、ごわごわした一枚の紙が資料のあいだから滑り落ちた。そこにはヨジンの字で、短い文章と署名が記されていた。

「未来のため、共に実践する美しい約束」だの「我が子の明るい心を育てるための選択」だのという、子供を三人産むことについてのものだった。

見えない何かに八つ当たりするように、破いて、破いて、また破いて、八つの紙切れにしてゴミ箱に捨てると、ヨジンは床に転がしてあったスーツケースをがばっと開いた。

寝ついては起こされるの繰り返しで少しぐずり気味のシユルをおんぶし、ヨジンはなんとか片手でスーツケースを引きずって表へ出た。到着したタクシーが闇に音と煙を吐き出していた。シユルをなだめて先に車に乗せたヨジンの背後に、ウノが足音を立てて近づいてきた。

「どうしてもそうしないと気が済まないのか？　本当、何考えてんだよ」

次のセリフは、この状況でどっちの言ってることが正しいか、道行く人みんなに聞いてみろよ、ってヤツでしょ。そんなふうに一刀両断できる世界に、ヨジンは今まで暮らしたことがなかった。あるいは、ひどく単純明快な事案でたまたま一刀両断できたとしても、それで双方が相応の何かを得たり、奪われたりする世界を経験したことがなかった。ヨジンは答えないままスーツケースを積み、車のシートに体を預けた。ウノは溜息をつき、ぶっきらぼうに言った。

「とりあえず行って休んでこい。電話するから。もっと面倒なことになりたくなければ、電源切らないでちゃんと出ろよ」

その言葉は、ヨジンがバタンと音を立てて閉めたドアによって、半分以上ねじ切られた。

故障して道に置きざりにしたままの車の脇をタクシーで通り過ぎたとき、ようやくヨジンは共同住宅から遠く離れた実感がわき、ひとごこち着いた。体が物理的な安心感に包まれたことで、ずっと未確認のままだったメールやカカオトークを見る余裕が生まれた。最初に目に入ったのはウノがその日数回使ったカードの利用明細だったが、もはやそれは問題ではなかった。

カカオトークには、シン・ジェガンが送ってよこした爆弾メールがたまりにたまっていた。指で画面をタッチして、一つずつ確認していく。

――こちらが何か失礼なことをしたでしょうか。それとも負担でしたか。

――まさか、すっぽかされるとは思ってもいませんでしたよ。

――薬局にもいないし。どういうことですか。

――ヨジンさんがそんな人だとは思わなかったのに、どうしたんですか。

――何かヘンな誘いを受けたと思ったんでしょうか？　一度食事をご馳走するって言っただけで、ずいぶんな仕打ちですね。薬剤師の人も、なんか怪しい奴を見るような目つきだったし。そんなつもりはありません。

——お好きにどうぞ。詳しいことは月曜に話しましょう。

ヨジンは月曜、そこにはいない。シン・ジェガンは自分に一つでも思い当たるふしがあれば、全く何もなかったとしらばっくれるだろう。あるいは逆に、ヨジンを秘密裏に陥れようと、善意のつもりがむしろ恥をかかされて困った立場にされているという感情的被害者を装い、首を傾げながらウノに耳打ちするかもしれない。ウノさん、実は金曜日に、ヨジンさんが一方的にメッセージをよこして先に帰っちゃったんですけど、あの日お宅でなんか予定でもあったんですか？……いつも車に乗せてもらってるから夕食でもご馳走しますって言ったら、どうも誤解されちゃったんですよね。少し気分を害されたらしくって、どうしたもんかと。戻ってこられたらボクから謝らなきゃと思うんです……ずっと一緒に暮らしていくんだから、顔を合わせづらいなんてことにならないように……。何の下心もなかったが、彼女が不快に感じたというのなら皆の平和のため、自分が悪者になることにして一肌脱ごう風の物言いがカン・ギョウォンのまた別の証言と符合して、ヨジンを共同住宅での生活にうまく溶けこめない人間と見せかけるのに一役買うはずだった。そしてその一連の過程でウノが完全に自分の味方になり、自分を信じてくれるという確信が、今のヨジンには持てなかった。

ふと、すっかり夜の気配にもかかわらず、再びどこかから鼻につく畜舎の悪臭が入り込んできた。閉まっている車窓のわずかな隙間をすり抜ける一筋の空気も遮断しようと、ヨジンは開閉ボタンを力まかせにカチャカチャと押し、窓を引き上げた。

「もしかしてどこか窓が開いてないか、確認してもらえますか?」

すると運転席の窓がわずかに開いていたらしく、運転手はボタンを押してぴっちりと窓を閉めた。

「すいません、お客さん。さっき来る途中に臭いが入ってきたもんで、しばらく窓を開けて換気してたんですが、うっかりしてました」

「大丈夫です。ここさえ抜ければ、すぐに消えるはずですから」

すぐに消えるだろう。臭いも、その臭いが属している、ひょっとしたら臭いが主となっている空間も。

何度か小石がタイヤにぶつかるリズミカルな音がして、ヨジンの体が軽快に揺れた。不規則で不安げで、世界のどんな場所でも音楽とは認められそうにない響きだった。街灯のあかり一つない、今にも正面から何かが襲いかかってきそうな闇の中を、タクシーはハイビームをたよりにこわごわと進んでいる。それでもその瞬間ヨジンは、繻子織の絹の布団に身を横たえたらおそらくこんなふうだろうと思うほどに、心安らかだった。

落ち着いたイエローに淡いパープルが配色されたその建物には現代的なデザインが採用され、地方の小都市にある小さな児童美術館を思わせた。家と家を結ぶ通路の脇に、午後の日だまりが広がっている。いつも、車が駐車場に停車するやいなや遊園地や体験広場へと駆け出す娘は、今回も同じように元気よく飛んでいき、娘のジャンパーやカバンを一つひとつ手にとった夫が大急ぎでその後を追いかけていった。父と娘の後ろ姿を見送った女性の口元に、満足げな笑みが浮かんでいた。国が大した予算もかけずに建設したと聞いていたから、てっきり薄暗くて実用的なだけの空間かと思っていたけど、よかったわ。

それにしても、どうしてこんなに周囲が寂しげなのだろう。十二戸ほど入居しているはずなのに、他の入居者が出す生活音のようなものが聞こえてこないのが不思議だった。と、そのとき、一軒の家の玄関ドアが開閉する音がして、お腹のふっくらした女性が片手に息子、片手に娘と思われる子供の手をそれぞれとり、ゆっくりと前庭のほうへ歩いてきた。女性は妊婦に頭を下げ、近いうちにこちらに引っ越してくる予定だが、娘が新しい家を見たいというのでちょっと下見をしにきたのだと自己紹介した。

妊婦は喜色満面で、今にも一歩踏み出して女性に抱きつかんばかりだったが、二人の子供がいて両手が自由にならないため、かわりに左右に目配せして子供たちに挨拶をさせた。お辞儀する子供たちにほほえみを返しながら、女性が妊婦に他の入居者について尋ねると、もとは十二戸中四戸に入居者がいたのだが、そのうちの三家族が退去し、今は自分たちしか残っていないという答えだった。

戸惑ったものの、それと気づかれないようにして女性は妊婦の次の言葉を待った。せっかく好条件で、高い競争率をくぐり抜け入居したのに、なぜ二年も経たないうちに退去したのかがわからない。三人目の子供を出産できなかったからだとしても、期限までまだたっぷり時間は残っているのに。だが、誰にでも人に言えぬ事情というのはあるものだから、女性は何食わぬ顔をしていた。当選した家族は他にまだ残っているし、キャンセル待ちの家族も棄権しなければ、半年から一年のあいだで残りの十戸も埋まるだろう。

だからこんなに前庭が閑散としていたのだ。もし十二戸すべてが入居していれば、駐車場が足りなくて車を停めるのもひと苦労だったろう。都心との距離の問題もあるから、各戸で最低二台は車を使うことになるのではないだろうか。女性も普段から夫とは別の車を使ってきていたし、退職して八カ月経った今もそれは変わらなかった。とはいえ周りはがらんとした空き地なのだから、必ずしも各戸ごとの駐車区画が決まった前庭にだけ停めなければならないことはないだろう。妊婦は、自分たちもほんの数カ月前に中古車を一台買い足したばかりだと言った。それまでずっと一台でやってきたが、三人目を妊娠して、しょっちゅう病院通いをしなければならなくなったからだと。その話を聞いて女性は少しホッとした。ともかく実際に三人目の妊娠に成功した人がいれば、自分も全くの無理ではない気がして、ささやかな希望が生まれたせいだった。二度の流産の末ようやく長女を授かったが、子宮筋腫や子宮収縮の弱さもあって、やっとの思いで出産にこぎつけた。ひそかに男の子を期待する親たちになんとか二人目の顔を拝ませてやりたいと退職までしたのだから、きれいな空気、清らかな水に恵まれた場所でストレスなく過ごせば、遠からず自分も二人目に恵まれるはずだ。

妊婦は現在妊娠六カ月だという。もう年だから体はきついけど、三回目ともなるとある程度習慣みたいなものだから平気なのだと、クマのできた目元に小皺を作って笑ってみせた。冗談のつもりだろうけど、妊娠と出産が「習慣」なんて。少しぎくりとする言葉だった。女性は二度目の流産のとき病院から、習慣性流産に特に気をつけるよう言われていた。

二階の廊下から娘の笑い声が聞こえ、女性が顔を上げた。妊婦が娘の年を聞くので五歳だと答えると、ここに来たときのシュルちゃんとおんなじね、と妊婦が独り言を言った。

「シュルちゃんって……誰ですか？」

そして女性は、半年のあいだにそれぞれの事情で共同住宅を去った三つの家族の顛末を、妊婦、セアちゃんママから聞くことができた。

「ダリムちゃんママ」は自宅で仕事をするフリーランサーだったという。女性も、長女の出産で会社を四カ月休職しているあいだ、通勤こそないだけでありとあらゆる催促の電話を受け業務をこなした記憶が鮮明だったから、フリーランスがどれほどフリーでないかぐらいのことはイメージできた。ダリムちゃんママの具体的な事情は知らないが、家にいながらにして仕事をすることができ、その上お金まで稼ぐとなれば、通勤というシシュフォスの労働に苦しむサラリーマンからどれほど冷たい目で見られるかは想像に難くない。ダリムちゃんママの親族もそうだったのか、義姉にあたる人が忙しい彼女をしょっちゅう呼びつけてはいびっていたらしい。ヒョネさんは会社に行かなくていいんだから、この程度は来られるでしょ。時間が自由になるんだもの、そのくらいのことは当然してくれなくちゃ。意見や可能性を確かめるのではなく、ただもう義務を課してくる言葉の重苦しさは女性にも覚えがあった。ともかく、仕事は仕事でできないわお金は稼げないわで、ついにダリムちゃんママはブチ切れ、子供三人なんてふざけたこと言ってんじゃないわよ、と描いていた絵をすべて切り裂いて庭にばらまく大騒動を起こし、その後ダリムちゃんを連れて離婚したのだという。夫婦が別れてしまっては住み続けられないため、夫も慌てて退去したということだった。

どれほど惨めな気分だったろう。わずか数人が朝な夕な挨拶を交わし、あきらかに全員顔みしりの場所をそんなふうにして出ていくのは。人目が気になって、なかなかそんな別れ方はできないものだ。女性は自分でも知らないうちに首を振っていた。いずれにしても、ダリムちゃんママという人の仕事に対するプライドと情熱はかなりのものだったらしい。女性は、共同住宅事業が実施された当初の目的と趣旨を思い返し、ダリムちゃんママの仕事が共同住宅の環境や志向とマッチしていなかった可能性が高いと考えた。娘を出産し、退職してからつくづく考えてたどりついた結論だが、子供を三人持つというのは実際のところ、夫婦のうちの片方は仕事をせず、家で子育てに専念しろというのと同義なのだ。子育てが二人以上になれば、どれだけ社会制度が充実しているかとは関係なく、その点がますますハッキリ現実的な条件になるし、おまけに今は制度的な過渡期にすら入っていない。いってみればこの共同住宅は、家にいると決めた人間が個人的な欲を捨て、育児に生きがいを見いだしてこそ、全体的に健全でいられる場所と考えるのが自然なのだ。覚悟しよう、我慢しようとばかり考えず、それを楽しみ、生きる原動力にして、同時に到達点の基準にしなければ。そのことは十分念頭に置いて退職を決めたのだから、自分はもう何かに後悔を抱くことはないと女性は信じていた。キャリアは失ったが、今後は娘との幾重にもかさなる絆が残るはずだし、女性はそこに慰めを得られるはずだった。

あえていうなら、セアちゃんママが次のケースとして語った「シユルちゃんママ」よりは、少なくともマシな生活を送っていく自信があった。その家は一般的なパターンとは違い、夫が家で子育てをして妻が勤めに出ていたそうで、女性ははじめ、シユルちゃんママを中小企業のCEOか何かだと思ったのだが、セアちゃんママから非正規雇用のアルバイトだったと聞いてびっくりしてしまった。アルバイトといっても千差万別だろうが、これまで真っ当な社会生活を送り着実にキャリアを築いてきた自分の感覚からすると、夫を家に残し妻だけが外で稼いで家族三人食べていけるアルバイトというのは、現実には存在しない。投資や一攫千金狙い、そうでなければ、シユルちゃんパパに何か思うところがあって――公務員試験を狙っているとか、起業するとか――妻を外で働かせ苦労させているのかと思いきや、よりによって彼は物書きだったというからさらに驚いた。いまどき、飯の種にも困る物書きとは。バラエティ番組や教養番組、ドラマのなかで有名人が手に持ち、表紙が大写しにされてヒットするごく一部の例をのぞき、貧しき者はより貧しく、豊かな者はより豊かに、というのが紛れもない現実なのに。一児の父ともあろう者が、サイドビジネスもしないでどういうつもりかしらないが、文筆に人生を賭けるだなんて。詩人か小説家かまでは聞かせてもらえなかったが、生活が厳しかったことは間違いないだろう。夫婦がうまくいっていると錯覚していられるのは、米びつの中が満たされていればこそ。たとえば女性だって、いま自分が退職した状態で夫が勤め先での契約を更新してもらえなければ、二人の関係がどういう方向に転ぶか想像するだけでも恐ろしい。とにかくシュルちゃんママは、ある晩突然、シュルちゃんと一緒に家を出てそれっきりとなり、物書きの夫も自然な流れで退去手続きをとることになったという話で、それ以上聞かなくてもそのやりきれなさや暗澹たる気持ちは十分理解できた。

続いて退去したのは、セアちゃんママによれば万事において最も懸念材料の少ない、長く住み続けそうに思われたジョンモクくん一家だったという。夫婦共に非常に熱心で、有能で、夫にあたる人はれっきとした職業で、乗っている車もフォードで、おまけに食材や家の中の雰囲気が全体的に余裕ありげで、ジョンモクとジョンヒョプの二人の兄弟はいつも「バーバリーチルドレンズ」や「トミーヒルフィガー」など、ロゴを見れば一目でわかるブランドの子供服ばかり着ていた、と。そんなセアちゃんママの描写に、彼女が他の家族をどんな視点から観察し、何を基準に判断しているか、女性はなんとなくうかがい知ることができた。

セアちゃんママは、他人の家の恥を晒すようでちょっと気が引けると言いながらも、所詮二度とは会わない家だし、全く知らない相手に話すのだからかまわないだろうとばかり楽しげに言葉を続けた。ぱっと見きれいな人だったシュルちゃんママにジョンモクくんパパがモーションをかけたそうで、シュルちゃんママはここを立ち去る前、ジョンモクくんの家の玄関ドアに小さな紙袋を引っかけていったのだという。中にははっきり名前のわからないブランドの、限定品かなにかの化粧品が入っていたそうだが、女性はセアちゃんママのいいかげんなフランス語の発音の一部を聞いただけでどこのブランドか察しがつき、だが決してセアちゃんママにはそれを教えなかった。ともかく、シュルちゃんママは「それはお宅のご主人が私の気を引くためにくださった物です」というメールだけをジョンモクくんママに残した。その後シュルちゃんパパとジョンモクくんママ、パパの三人で話し合いがもたれ、シュルちゃんパパは「初耳だ」とうなじに手をあて、ジョンモクくんパパは決してそんなつもりではなかったと言いはって自分の悔しさを訴えた。しかしジョンモクくんママは、実際に何があったかよりも自分の夫が隣人の妻に誤解されるような振る舞いをして恥をさらしたことに怒っており、その後、シュルちゃんママが四者の話し合いはもちろん三人からの連絡も拒んだため、事態はうやむやなままに終わったらしい。

気がつけば、どうせ顔も知らない他人の話なのに、いや、ひょっとしたら他人の話だからこそ、女性は興味津々で聞き入っていた。こんな小さな空間でもそういうことが起きるんだ。人が暮らすところなんて、どこもみな同じようなものなんだと苦笑いを浮かべながら。

とはいえ二人の子を連れて長い間立ちっぱなしでいるセアちゃんママの重たげな体が気になって、お宅で座ってお話しましょうかと提案した。するとセアちゃんママはいい場所があるのだと言って、女性を裏庭へと案内した。一見したところ裏庭は前庭よりもはるかに広く、今後もし駐車場が足りなくなるようなことがあればこっちを使えばいい……と思ったところで、巨大な無垢材の食卓が目に飛び込んできた。ダ・ヴィンチの「最後の晩餐」に描かれた、総勢十三人が並んで座ることのできる食卓はきっとこんな感じだったのだろうと思うほど、やたらに大きくて、頑丈そうだ。入居者がやってくる前からこの場所に据え置かれていたというその食卓は、多少中途半端な配置のせいで貴重な裏庭の空間の大部分を占めていた。

男性が数人がかりで動かせば脇に車の一、二台は停められるのではないかと思ったが、すぐに女性は頭を振った。重機を使わなければむずかしそうなだけでなく、なぜだかこの空間はこんなふうに使われるのにふさわしい気がした。どんな用途や合理性より、徹底した当為に支配される場所。機会があればそのときに子供用ぶらんこやミニ滑り台なんかを置けばいい。どうせ子供が多くなる場所なんだし。それぞれの家に二人ずつとしても、計算すれば二十四人だ。天気のいい日にはそれぞれの家からバーナーを持ってきてバーベキューパーティーもいいだろう、そんな青写真が頭の中に浮かんだ。大人二十四人も合わせれば到底全員が囲んで座ることはできないだろうが、にもかかわらず目の前の食卓は、この共同住宅で最も永らえそうな存在感を放っていた。今後何世帯が出たり入ったりしても、変わることなくその位置を守っていきそうな。隣人同士の心温まる交流や、健全な生活の結晶のように。よくはわからないけれど、女性にはこの食卓を長いあいだ、朝夕眺めて暮らしていく自信があった。

再び娘の笑い声が聞こえてきた。転ばないように気をつけなさいという父親と、軽く言いあいをしているらしい。吉日を選んで決めた引っ越しの日まで、残すところあと三週間だった。

訳者あとがき

本書は、二〇一八年に発表されたク・ビョンモの長編小説『네 이웃의 식탁』の全訳である。

著者のク・ビョンモ（具竝模）は、編集者を経て二〇〇八年にヤングアダルト小説『ウィザード・ベーカリー（위저드 베이커리）』（未邦訳）でデビュー。邦訳作品に短編小説「ハルピュイアと祭りの夜」（『ヒョンナムオッパへ　韓国フェミニズム小説集』収録、斎藤真理子訳、白水社、二〇一九）があるが、長編が紹介されるのはこの作品が初めてである。

デビュー作の『ウィザード・ベーカリー』はファンタジーとホラーの融合と評された。童話「ヘンゼルとグレーテル」を彷彿とさせる設定だが、童話と違うのは、魔法使いのいる場所より生身の人間の暮らす世界のほうがよっぽど残忍なことだ。社会と家庭にはいかに呪いが満ちているか、これでもかというほどディティールを描き出し、空想の世界と割りきりがたい切実さを漂わせている。この作品はヤングアダルト小説として発表されたにもかかわらず大人たちの心をつかみ、韓国で発売以来三〇万部を突破するベストセラーになった。また、翻訳出版されたメキシコでも、異例の初版一万部を発行している。

デビューから十年。そのあいだ、彼女は次々と、本当に休むことなく作品を発表し続けている。育児に追われ、毎日毎日決まった時間に執筆できるような生活ではないにもかかわらず。そして

どの作品も、豊かな想像力と緻密な構成の結晶のような物語ばかりだ。ファンタジー小説で「ク・ビョンモ式」と呼ばれる独自の文体とストーリーテリングを確立し、熱心なファンを獲得する一方、まったくテイストの異なる作品も積極的に手がけている。ノワール小説のあじわいを持つ長編『破果（파과）』では、六五歳の女殺し屋を主人公に老いと向き合う女の一生を活写。かと思えば短編集『それが私だけではないことを（그것이 나만은 아니기를）』では、ときに民話や神話を思わせる語り口をとりながら、災いに襲われた人々の哀しみを描く。この短編集は今日の作家賞とファン・スンウォン新進文学賞をダブル受賞した。

そして二〇一八年。彼女が発表した本作は、国家プロジェクトの共同住宅に集まった四組の隣人たちの日常という、これまでになく身近な世界に題材をとった物語である。

「毎回、なにかが新しい作品に挑戦したい」

インタビューなどでそう語ってきた著者だが、そうしたさまざまな挑戦のなかにあっても一貫して変わらないのが、登場人物たちの圧倒的なリアリティだ。それもうんざりするような人物、できれば周囲にいてほしくないような人物ほど、存在感がある。

さして悪人とは思えず、むしろ「いい人」や「常識人」と言われがちだが、一皮剝けばさまざまなエゴが巣食い、かつそれを正当化する術に長けている。そんなキャラクターを前に、著者は、彼や彼女らがなぜそうふるまうのか、ふるまえてしまう根拠や理屈は何かを、エピソードと内面描写で語りこむ。だからこそ読み手は、果たして善良と思われる側が正しいというだけで安息を得られるのか、息をつめて見守ることになる。本作でもそうだ。じわじわとヨジンとの距離を狭めていく隣人、シン・ジェガンの行動は、セクハラといえるかいえないかというギリギリの線で踏みとどまるから、ヨジンはいつ反撃の声をあげていいかタイミングを見きわめあぐねる。こちらとしては、迷っているうちに取り返しのつかないところまで追い込まれるのではないかとハラハラするのだが、それでもヨジンはなかなか決断ができない。

本当は共同保育なんてまったく関心ない、もっといえばミッション通り子供を三人産み育てる気もないヒョネも、結局は隣人の同調圧力に屈して共同保育に参加してしまう。ひとえに我が子のためだ。自分だけなら何を言われてもかまわないが、我が子にだけは悲しい思いをさせられないと、心の声に耳を塞ぎ、自説を振りかざす相手に合わせる。

日常生活の安寧を人質にとられると、なぜ声をあげるより声を殺すほうを選んでしまうのか。いかに私たちは、日々の生活で自分の真実を後回しにさせられてしまうのか。著者の文章はまるで伸びていく蔓のように、登場人物たちの声にならない叫び、記憶に刻まれた他者の言葉までからめとって、一筋縄ではいかない日常を描き出す。

そうした息苦しさを増してゆく共同住宅の日々を見守るのが、タイトルにもなっている裏庭の巨大な食卓だ。十三人が並んで座れる食卓というものを体感したくて、翻訳中ずいぶん家具店を回り、ネットを検索したが、ついぞ見つけることができなかった。著者にその話をすると、なかなかないですよね、と笑いながらこう言った。

「食卓って、大きくなればなるほど、真ん中に広がるのは空白なんです」

いくら皿で埋めたとて、実際にはその皿に手を伸ばすことも難しい、巨大な食卓。確かに言われてみれば、食卓が大きいほどに親密さは失われ、微妙な緊張と形式ばった雰囲気に支配されるだろう。着席者が一堂に会し、自分たちはうまくいっている、いい関係だと確認するための装置。決して動かすことのできない巨大な食卓が、このお仕着せの共同生活の欺瞞を象徴している。

本作が発表された二〇一八年は、韓国で合計特殊出生率（一人の女性が一生に生む子供の数）が0・98と初めて1を割りこんだ年であり、同時に、韓国のあらゆる分野で#ＭｅＴｏｏ運動が燃えひろがった年でもあった。

二〇一六年の江南駅女性殺人事件をきっかけにあがり始めた声は、二〇一八年一月、女性検事が検察庁内のセクハラ、パワハラを告発したことで一気に熱を帯びた。そうしたなかで発表された本作には、『82年生まれ、キム・ジヨン』（斎藤真理子訳、筑摩書房、二〇一八）の著者、チョ・ナムジュが次のような推薦の言葉を寄せている。「読んでいるあいだじゅう、『家族』『隣人』『自然』『共同体』という、あたたかで豊かなはずの言葉が寒々しく感じられた。それが本当の現実であることを、私は知っている」

声が大きくなる。社会に伝播する。事件、制度、法。新聞の見だしに「#ＭｅＴｏｏ」や「フェミニズム」という語句が目立つようになる。何かが前進する気配がある。だが、ふと暮らしの足もとを眺めれば、日々重ねられる名もなき作業や命を育む労働は、あいかわらず矛盾と犠牲と不公平のオンパレードだ。日常だからこそ、声をあげるより見て見ぬふりでやり過ごしてしまうリアル。著者は、フェミニズムの風が吹いたその年に、フェミニズムが必要とされざるをえない世界をまるごと、提示してみせた。

韓国での本作に対する反応は、男女で真っ二つに割れている。女性の声として多いのは、登場人物の置かれた状況に憤り、息をのんで結末を見守った、一気読みしたというもの。『キム・ジヨン』が総論なら『四隣人』は各論」「結婚しているかに関係なく、成人韓国女性は必読」といった熱いレビューがネット上に散見される。対して、読書サークルや何かで課題作に選定され、いきがかり上（？）読まなければならなくなった男性からは「こんな極端な話ありえない」「妄想を適当につなぎあわせている」などの意見が上がった。

国が妊娠を推奨し、子育てを賞賛し、それを目的とする共同住宅を建設する。一見奇抜な設定に映るかもしれないが、果たしてそれが「極端な話」「妄想のつなぎ合わせ」で終わらせられるものかどうか。日本にいる私たちも、公的なものが私的な領域に口を挟む場面を何度も目撃済みだろう。女性は子供を〇人産めと繰り返す政治家。自治体主導の婚活。本作には経済や医療、哲学、建築など、さまざまな専門用語がなんの注釈もなしに飛びこんでくるが、そうした言葉にも、四隣人の右往左往を冷静に眺める観察者の目線が組み込まれている。同じように少子化が社会的なイシューとされ、フェミニズムへの関心が高まっている日本の読者にとって、この物語はまさに、他人事ではない、「隣人」の物語であると思う。

今回の翻訳にあたっては著者と相談し、登場する子供たちの年齢を原作と一部変更している。満で年を数える日本に対し、韓国では数え年が一般的なため、日本版を読まれた方が原作に近いかたちで子供たちをイメージしていただけるようにした。また原題「네 이웃의 식탁」の「네」には「四つの」の意味のほかに「お前の、君の」という意味もある。四隣人の物語であり、かつ「あなたの」隣人の物語というダブルミーニングであることを付記しておきたい。

丁寧に作品と向き合い、さまざまな面から支えてくださった書肆侃侃房の皆さま、翻訳チェックに力を貸してくださったすんみさん、安達茉莉子さん、承賢珠さん、鄭眞愛さんにこの場を借りてお礼を申し上げます。ありがとうございました。

二〇一九年八月

小山内園子

■著者プロフィール
ク・ビョンモ（具竝模）
慶熙大学国語国文学科卒業。2008年、長編小説『ウィザード・ベーカリー』でチャンビ青少年文学賞を受賞し、作家活動を始める。ほかに長編小説『一さじの時間』『えら』『破果』『バード・ストライク』、短編集に『それが私だけではないことを』（今日の作家賞、ファン・スンウォン新進文学賞受賞）、『赤い靴党』『ただ一つの文章』など。邦訳に「ハルピュイアと祭りの夜」（『ヒョンナムオッパへ』白水社）がある。
リアリズム小説、SF、ファンタジーなど、ジャンルを超越した多彩な作品を発表し続けている。

■訳者プロフィール
小山内園子（おさない・そのこ）
NHK報道局ディレクターを経て、延世大学などで韓国語を学ぶ。訳書に、姜仁淑『韓国の自然主義文学』（クオン）、キム・シンフェ『ぼのぼのみたいに生きられたらいいのに』（竹書房）、チョン・ソンテ『遠足』（クオン）、『私たちにはことばが必要だ』（共訳、タバブックス）など。

Woman's Best 10　韓国女性文学シリーズ 7

四隣人の食卓　네 이웃의 식탁

2019 年 10 月 14 日　第 1 版第 1 刷発行

著　者　　ク・ビョンモ
翻訳者　　小山内園子
発行者　　田島安江
発行所　　株式会社 書肆侃侃房（しょしかんかんぼう）
〒 810-0041 福岡市中央区大名 2-8-18-501
TEL 092-735-2802　FAX 092-735-2792
http://www.kankanbou.com
info@kankanbou.com

編　集　田島安江／池田雪
装　幀　成原亜美
DTP　黒木留実
印刷・製本　シナノ書籍印刷株式会社

ISBN978-4-86385-382-9 C0097

Woman's Best 4　韓国女性文学シリーズ①

『アンニョン、エレナ』안녕, 엘레나

キム・インスク／著　和田景子／訳

四六判／並製／240ページ／定価: 本体1600円＋税
ISBN978-4-86385-233-4

韓国で最も権威ある文学賞、李箱文学賞など数々の賞に輝くキム・インスクの日本初出版

遠洋漁船に乗っていた父から港、港にエレナという子どもがいると聞かされた主人公は、その子らの人生が気になり旅に出る友人に自分の姉妹を探してくれるように頼む「アンニョン、エレナ」。生涯自分の取り分を得ることができなかった双子の兄と、何も望むことなく誰の妻になることもなく一人で生きる妹。その間ですべての幸せを手にしたかに見えながらも揺れ動く心情を抱えて生きる女性の物語「ある晴れやかな日の午後に」のほか珠玉の短編、7作品。

Woman's Best 5　韓国女性文学シリーズ②

『優しい嘘』우아한 거짓말

キム・リョリョン／著　キム・ナヒョン／訳

四六判／並製／264ページ／定価: 本体1600円＋税
ISBN978-4-86385-266-2

一人の少女の死が、残された者たちに残した優しい嘘。ラストーページ、静かな悲しみに包まれる。

「明日を迎えるはずだったチョンジが、今日、死んだ。」とつぜん命を絶った妹チョンジ。遺された母ヒョンスクと姉のマンジ。なぜ素直でいい子だったチョンジが自殺という決断をしたのかふたりは途方に暮れる。死の真相を探るうちに、妹の心の闇を知ることになる。韓国で80万部のベストセラーとなり映画も大ヒットの『ワンドゥギ』につづく映画化2作目。

韓国の現代《いま》を生きる女性たちは、どんな時代を生き、どんな思いで暮らしているのでしょうか。女性作家の文学を通して、韓国の光と闇を照射するシリーズです。

Woman's Best 6　韓国女性文学シリーズ③

『七年の夜』 7년의 밤

チョン・ユジョン／著　カン・バンファ／訳

四六判／並製／560ページ／定価: 本体2200円＋税

ISBN978-4-86385-283-9

ぼくは自分の父親の死刑執行人である——韓国のスティーブン・キングと呼ばれる作家の傑作ミステリー

死刑囚の息子として社会から疎外されるソウォン。その息子を救うために父は自分の命をかける——人間の本質は「悪」なのか？　２年間を費やして執筆され、韓国では50万部を超えるミステリーがついに日本上陸。「王になった男」のチュ・チャンミン監督に、リュ・スンリョンとチャン・ドンゴンのダブル主演で映画化された。

Woman's Best 7　韓国女性文学シリーズ④

『春の宵』 안녕 주정뱅이

クォン・ヨソン／著　橋本智保／訳

四六判／並製／248ページ／定価: 本体1800円＋税

ISBN978-4-86385-317-1

苦悩や悲しみが癒されるわけでもないのに酒を飲まずにいられない人々。切ないまでの愛と絶望を綴る。

生きる希望を失った主人公が、しだいにアルコールに依存し、自らを破滅に追い込む「春の宵」。別れた恋人の姉と酒を飲みながら、彼のその後を知ることになる「カメラ」。アルコール依存症の新人作家と、視力を失いつつある元翻訳家が出会う「逆光」など、韓国文学の今に迫る短編集。初邦訳。

Woman's Best 8　韓国女性文学シリーズ⑤

『ホール』홀

ピョン・ヘヨン／著　カン・バンファ／訳

四六判／並製／200ページ／定価：本体1600円＋税
ISBN978-4-86385-343-0

アメリカの文学賞、シャーリイ・ジャクスン賞 2017、韓国の小説家で初の長編部門受賞作

交通事故により、病院でめざめたオギを待っていたのは、混乱・絶望・諦め……。不安と恐怖の中で、オギはいやおうなく過去を一つひとつ検証していくことになる。それとともに事故へ至る軌跡が少しずつ読者に明かされていくのだが。わずかに残された希望の光が見えたとき、オギは——。映画「ミザリー」を彷彿とさせる息もつかせぬ傑作ミステリー。

Woman's Best 9　韓国女性文学シリーズ⑥

『惨憺たる光』참담한 빛

ペク・スリン／著　カン・バンファ／訳

四六判／並製／280ページ／定価：本体1800円＋税
ISBN978-4-86385-367-6

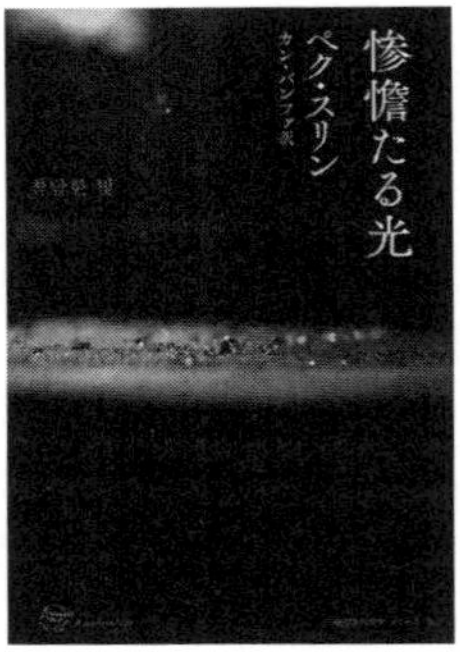

光と闇、生と死。心は彷徨いながら揺れ動く。初邦訳作家の十の短編。

光は闇の中でのみ煌めくという。
苦しみが癒えることはなく、孤独を抱え、それでも、日々、生きていかなければならない。
心のよるべなさを丁寧に掬いあげた初邦訳作家の短編集。